追放領主の孤島開拓記

Tuihouryoushu no Kotou Kaitakuki

秘密のギフト【クラフトスキル】で世界一幸せな領地を目指します！

2

長尾 隆生

Takao Nagao

CONTENTS

【 プロローグ 】

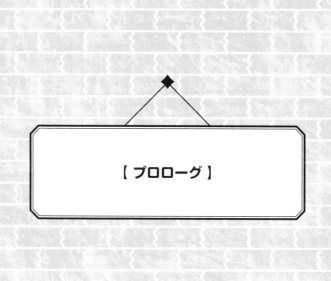

エンハンスド王国。

王城からほど近い場所にその建物はあった。

そこは国王、そして四大貴族と元老院と呼ばれる中小貴族の代表者によって国内の様々な政を決める議事堂である。

王国は基本的に王が最終決定権を持つ。

しかし今や西大陸一の大国となったエンハンスド王国の政治を、王一人の独断によって行うことは不可能。

最初こそ国王と建国時に活躍した四貴族の当主によって行われていた議論に、いつしか国内の領地を治める貴族の中から選ばれた十人の元老院議員が参加するようになった。

その議事堂の一室。

様々な決議書が保管された保管庫の中に人影があった。

既に辺りは深淵の闇に包まれた深夜である。

普通ならそんな時間にこんな所に人がいるわけはない。

人影は書類棚からいくつかの束を取り出すと、その一つ一つを確認していく。

手に持つのは僅かな光を放つ魔導具。

その光に照らされた顔は黒いフードとマスクに隠されていて目元しか見えない。

だが体格から男であるのは間違いないだろう。

「……っ」

何冊目かの書類の束に目を走らせている時、突然男の手が止まる。

そして議事堂に侵入してから初めて僅かに声を上げた。

唯一覗く目からは驚愕の感情が見え、その書類がいかに衝撃的なものなのかを物語っていた。

「ふぅ……」

男は大きく息を吸い込み、動揺する心を抑えると腰の袋から紙と筆記用具を取り出し書類の内容を写し始めた。

その速度と精度は驚くべきもので、瞬く間に全く同じにしか見えない複製書類が出来上がる。

彼はその紙を丁寧に丸めて別の鞄にしまい込み、書類の束を戻してから保管庫を後にする。

保管庫から出ると、男は事前に調べていた警備の隙を突き議事堂の敷地内から見事に脱出を成功させると、周囲を警戒しながら闇を選んで隠れ家の一つを目指し駆けた。

隠れ家に辿り着くと男は手に入れた決議書の写しを取りだした。

それからいくつかの書類を部屋の隠し収納から取り出して一つに纏める。

「これで後はこの書類を師匠に渡して、後は主の判断を待つしかないな」

準備を終えた男はそう呟きながら簡素なベッドに横になり、そっとまぶたを閉じた。

【第一章】
レッサーエルフの村と交流しよう！

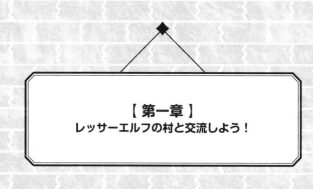

「そのお姿……まさか聖獣様では！」

コリトコの住んでいた村に向かう途中、僕らは一人の村人と出会った。

最初彼は見たこともない僕らの姿に驚き、続いてスレイダ病で村から出て行ったはずのコリトコを見て困惑の表情を浮かべ、最後に聖獣ユリコーンを見てそう言うと目を見開いたまま固まってしまった。

彼らにとって自分たち以外の種族を見ることはほぼない。

たぶん今まで彼らが見たことがあるとすれば調査団の人たちだけだろう。

だが、調査団の報告書に彼らと交流したという記録はない。

唯一の目撃情報も団長の手帳の中で眠ったままだったほどだ。

僕らはコリトコに村人との間を取り持ってもらい、彼にコリトコの病が既に完治していることを告げた後ウデラウ村の代表者への取り次ぎを頼もうとした。

「あの病が治ったと言うのですか……信じられない」

「本当だよ。あっちの病気は領主様に治してもらったんだよ」

「領主様？」

そう言って僕のほうを見るコリトコに「僕だけの力じゃないよ」と答えると村人は何かを察したようで、僕に向けて頭を下げた。

「貴方様は聖獣様の使いだったのですね。そして聖なる力であの悪夢のような病を」

「ちょ、ちょっと。頭を上げ――」

「こうしてはいられない。早速村長たちに皆さんがいらっしゃることを知らせないと」

村人は僕らのことを『聖獣様の使い』と思ったらしく、もう一度恭しく頭を下げると、その勘違いを正す暇もなく全力で村の方向へ走り去ってしまった。

「聖獣様の使いか……その方向で話を進めても良いかもな」

「だめですぞレスト様。後々それが嘘だとわかった時に彼らとの溝になりかねませんからな」

「わかってるよ。言ってみただけさ」

そんな話をしながら僕たちは村人が走り去った道を、彼を追うようにゆっくり進んでいく。

あまり急ぐと彼らの『準備』が間に合わないだろうという判断からだ。

森の間に作られた土の道を暫く進んでいくと、突然目の前が開け、その先にウデラウ村の姿が見えた。

高低差がある丘の上を切り開いて作られたらしい村は、木の柵に周囲を囲まれていて、思っていたより広く、建物の数も多く見えた。

ただ、その家々は既に何軒か朽ち果てていて、半分以上は空き家なのだとコリトコは話す。

つまりウデラウ村の住民は昔に比べてかなり減ってしまっているということなのだろう。

それがスレイダ病のせいなのかどうなのかはわからないが、もしそうであれば特効薬ができた今、この村は近いうちに全盛期を取り戻すだろう。

その時、僕らのように後からやって来た者たちと彼らとの間に諍いが起きる可能性は限りなく高い。

そんな可能性をなくすためにも、これからの交渉は非常に大事になるだろう。

僕は心に強く決意をして村の入口で待つ人々の姿に目を向ける。

出入口である門の外には既に数十人ほどの人々が僕たちを出迎えるために並んでいた。

村人たちの先頭に立つのは二人の村人。

片方は老人で、たぶん彼が村長なのだろう。

そしてもう一人は――

「父ちゃん！」

突然聖獣様の背に乗っていたコリトコがそう叫びながら飛び降りる。

そのまま彼は村長の横に立つ男のもとへ走り出した。

男のほうもそれに気が付いたらしく、同じように駆け出すと二人は皆が見守る中強く抱き合う。

「どうやら彼がコリトコの父上だったようですな」

「そうみたいだね」

僕らは二人が落ち着くまでその場で足を止め見守った。

村を守るためとはいえ自らの息子を死地へと追放した父親。

そして全てを理解して村を後にした息子。

もう二度と会うことはないと別れた二人は、しかし再会した。

お互い後悔も蟠りもあるだろう。

だけれど抱き合って泣く二人の姿からは一切そんなものは感じられず。

ただただ奇跡が起こったことに感謝しているように見えた。

やがて二人の側に村長が近寄っていくと二人の肩を抱き何やら一言三言声をかけた後、僕たちのほうに向かって歩いてきた。

そして聖獣様に向けて頭を深く下げる。

「お久しぶりです聖獣様」

『うむ、久しいな村長よ』

「お話しするのはいつ以来でございましょう」

『そうさな、たしか――』

聖獣様と村長は聖獣様が体臭の件で人々を避けはじめる前までは偶に聖なる泉の畔で話をしていたらしい。

会話の内容については省略するが、簡単に言えば聖獣様の例の長話に対して村長は延々と相づちを打っていたという。

「聖獣様、僕たちのことを村長に紹介していただきたいのですが」

そしてまた聖獣様の長話が始まろうとしているのを感じた僕は、先んじてそれを止めるために声を上げた。

『うむ、そうであった。村長よ、この者たちは遠き海の彼方にある王国とやらからこの島を治めるために使わされた者たちだ』

「初めまして。エンハンスド王国からこの地の領主として任命されましたレスト＝カイエルです。他の二人は僕の臣下でキエダとテリーヌ」

「初めまして村長殿。私レスト様の専属執事のキエダと申します」

「私はメイド長のテリーヌです。お見知りおきください」

「おおっ、貴方様方が聖獣様の使いですな。私はウデラウ村の村長をしておりますウラドと申します」

村長であるウラドはそう言うと僕たちにも頭を下げる。

「いや僕たちは『聖獣の使い』なんていう立派な者ではありません」

「先ほど伝令を頼んだ彼が勘違いをしたみたいですな」

「そうなのですか?」

ウラドはいぶかしげな表情で聖獣様に窺うような視線を向ける。

『うむ。こやつらは我の使いではない。だが我と同じように力を持つ者たちである』

力を持つ者たち。

それは『ギフト』のことだろう。

「おおっ、そうでありましたか。これは失礼を」

「いえいえ、気にしないでください。僕たちの力なんて聖獣様に比べれば……」

『おぬしらはその力で我の悩みを解消してくれたうえに、コリトコの病をも治したのだ。謙遜するでない』

聖獣様はそう言って鼻をぶるるっと鳴らす。

そんな聖獣様の言葉にウラドよりも先に別の声が反応した。

「それは本当か」

声の主はコリトコの父だった。

「貴方はコリトコの――」

「父親のトアリウトだ」

どうやら村長と話している間に落ち着いたのか、コリトコと一緒に僕らのもとまで来ていたらしい。

トアリウトは自分の名を告げると「本当にコリトコの病を治したのは貴方たちか？」と質問を繰り返す。

「本当だよ！　領主様たちが僕の病気を治してくれたんだ」

その質問に答えたのは僕ではなく真っ赤に泣きはらした目をしたコリトコだった。

僕はそんなコリトコの頭を撫でると事の次第を話すことにした。

そして一通り話し終わると信じられないような表情のトアリウトに告げる。

「偶然僕たちに彼の病気を治せるだけの力があったに過ぎません」

「……」

「貴方が自分の息子を村から追い出した負い目を感じていらっしゃるのは重々承知のうえで言わせていただきますが」

「……」

「これからはそのことは忘れて、昔のようにコリトコと親子でいてあげてください」

「だが……」

「それがコリトコの願いなんですよ。彼は村を追い出されたことを恨んではいません。あのことは村を、そこに住む人々を守るために必要なことだったと彼も理解しているんです」

そう。

テリーヌによるとスレイダ病は一度発症するとどんどん悪化して体力を奪い、末期になるとやっかいなことに初期にはなかった感染力を持ちだすという特徴を持っている。

そしてその病を治す方法はこの村にはない。

村の人々が唯一できることは、スレイダ病を蔓延させないこと、それだけだったのだ。

「でもこれからは違う」

「えっ」

「これからは僕が。いえ、僕たちがそんな風習が必要ない村にしてみせます。この薬でね」

僕はそう言ってポケットからスレイダ病の特効薬が入った瓶を取り出す。

彼らにとって不治の病であった『スレイダ病』は、今はもう不治ではない。

僕たちはその特効薬の作り方を知っている。

そして材料はこの島で揃う。

つまり僕がクラフトせずとも、テリーヌが書き出したレシピさえ知っていれば誰でもあの薬は作れるのだ。

「これからこの村の村人全員をどこかに集めてもらえませんか？」

「発症に至らなくても潜在的にスレイダ病の病原菌にかかっている村人がいらっしゃるかもしれませ

ん。ですので全員私に診断させていただきたいのです」

「スレイダ病の治療法を見つけたのはテリーヌなんです。そして彼女なら発症前の患者も診察させてさえもらえれば発見できます」

テリーヌと二人でトアリウトに診断の必要性を説明する。

発症する前であれば感染が広がる可能性は皆無だとテリーヌは断言する。

「わかった」

彼はコリトコの頭を撫でて「皆を呼んでくる」と告げると村の前で集まっている人たちのもとへ向かった。

その背中を見送った僕たちは、さっそく簡易診断所を作るために動き出すことにした。

なお、延々と聖獣様の長い語りを聞かされていたらしいウラドが、僕たちに助けを求めるように目線で訴えてきたのはそれからしばらくしてのことだった。

＊　＊　＊

村の前の広場に作った簡易的な診療所で全ての村人をテリーヌのギフトで診断する。

最初に診察するのは村長であるウラドにした。

理由は村長が率先して診療を受けることで村人たちに安心感を与えるため。

そして聖獣様が久々に村長と話せるということで限度を超えて長話をまくし立てたせいで流石に限

界が来ていたウラドを助け出す口実としてである。

ウラドの代わりにはコリトコに話し相手を頼んだ。

聖獣様はなぜかコリトコには弱いようで、コリトコの前ではいつもの早口な長話ではなく、何やら無理に小難しい話をしだす。

たぶんコリトコが自分をあまりに神聖視するので、そのイメージを崩さないようにしているのではなかろうか。

しかしそんな努力も途中、村の娘たちに周りを囲まれ「良い香り」だとちやほやされだすとあっという間に崩壊する。

しかも聖獣様が調子に乗ってしゃべり出したせいで村娘たちは診断に行かなきゃと言い訳して一人、また一人と彼のもとから去っていった。

結局後に残ったのはコリトコだけで、彼に慰められている姿は流石に自業自得とは言え可哀相だった。

そんなこんなで聖獣様が何度目かの『反省』をし、コリトコに慰められている頃ようやく全ての診断が終わった。

スレイダ病以外にも、軽度の病気とも言えないような病気や怪我をしていた村人の治療も同時に行ったが、そんな村人の中でスレイダ病の病原菌を保菌していたのは約五〇人中の六人。

年齢や性別はバラバラで共通性は見えなかった。

保菌者全員に特効薬を飲んでもらい、念のため一日ほど家族と別れ男女別で空き家で過ごしてもらうことにした。

元々この村は百人以上もの集落だったらしく、その頃の名残で何軒か空き家がある。

人が住まなくなった空き家は一部は朽ち果てるままにされていたが、手の回る範囲については村の老人たちが定期的に掃除と修繕をしていて直ぐに使うことができたのも良かった。

「さて皆の者。もう日が暮れる。彼らを歓迎する宴は明日にして、今日は各々家に帰るように」

村長はそう村人に告げると僕たちを一軒の空き家へと案内してくれた。

木造の一軒家は村の家の中でも大きいほうだ。

外見は、古いながらも手入れは行き届いているように見える。

かつては五人家族が住んでいた家なのだそうで、中に部屋が三つとキッチンも完備され、僕たち三人が泊まるのには十分な広さがあった。

三人というのは僕とキエダとテリーヌだ。

コリトコとファルシは、彼の父と妹が住む生まれ育った家に帰って、今頃は久々に家族水入らずの時間を過ごしていることだろう。

『ところでレストよ。我は何処で眠れば良いのだ?』

「あっ」

僕はその声の主である聖獣様の存在をすっかり忘れていたことに気がつき振り返る。

「聖獣様、いたんですね」

『ずっとお主の後ろを付いていたが、気がつかなかったのか?』

言われてみればそうだった。

だけど忘れていたのには理由がある。

それは聖獣様がずっと無言だったからだ。

そう、あの口から先に生まれてきたのではないかと思うほどお喋りな聖獣様が、だ。

調子に乗って近づいてきた村娘たち相手に喋りすぎたせいで逃げられたのが余程堪えたのだろうか。

「聖獣様はどのような寝所でいつもお休みになられるのですか？」

村長が恐る恐る聖獣様に問いかける。

「ご要望があればできる限りご用意させていただきますが」

聖獣様の見かけはピンクの馬に角が生えただけのように見える。

だがまさか聖獣様を馬小屋に案内するわけにもいかない。

と言っても、見る限りこの村には馬小屋は見当たらない。

村の周りは主に森で、道も聖なる泉までの一本道以外は獣道程度である。

そんな生活を送ってきた彼らにとっては馬は必要ないのだろう。

それ以前に、この島に『馬』が済んでいない可能性もあるが。

『そうだな。いつもは泉の畔の芝生の上か、森の大樹の上か』

僕が今のところ知るこの島唯一の馬っぽい生物である聖獣様が村長の質問に答える。

大樹の上？

まさか聖獣様は空でも飛べるのだろうか。

聖獣様の蹄では木を上ることはできるとは思えない。

「芝生なら、村の端に草の広場がございます。ですがあそこはよく村人も通るのであまり寝所には向きませんが、そこでもよろしければ――」

『ふむ……』

村長の提案に聖獣様はしばし目を閉じ何かを考え出す。

『そうじゃな、さすがに人通りが多いところでは眠れんだろうし――』

目を開いた彼は村長から視線を目の前に建つ家に向けて結論を口にした。

『我はレストたちと一緒にこの家で休もう』

この家で僕たちと一緒に？

『何か問題でもあるのか？　もしや我と一緒は嫌とは申すまいな？』

僕が家の入口と聖獣様を交互に何度も視線を移動させているのを見て聖獣様が尋ねる。

「いいえ、別にそういうわけでは。ただ……」

目の前の家は確かに立派で、聖獣様が中に入っても問題はなさそうではある。

だけどいくら大きな家とは言っても、玄関は普通の大きさなのである。

つまり聖獣様の大きな体では、玄関を通るのは困難なのだ。

「村長、ここじゃなくて別の大きな入口のある家とかないかな？」

「と言われましても、どの家も玄関は同じくらいしかありません。入口が大きいのは農機具などを仕舞ってある機具小屋か、後はコーカ鳥の鶏舎くらいです」

僕は村長の返事を聞いて、聖獣様の顔を見上げる。

『なんだ？』

「馬小屋クラフトするんでそこじゃだめ……かな？」

『だめだ。我はお主たちと一緒に語らい合って眠りたい』

長話して女の子たちに逃げられたのを反省しているのかと思ったらこれだ。

聖獣様は馬のような姿だけれど、実は鳥頭なのだろうか。

三歩歩いたら忘れるとか？

正直言えば僕のクラフトがあれば、新たな家を作ることは可能だ。

だけれど、コリトコというブレーキ役がいない状況で、一晩聖獣様の長話に付き合うのは辛い。

何より僕だけでなくキエダやテリーヌも共にいるわけで、最悪明日の朝には僕ら三人が揃って動けなくなっている可能性すらある。

『嫌なのか？』

「ソンナコトナイデスヨ」

僕は心にもないことを口にしながら、テリーヌたちのほうを向く。

そして、テリーヌを手招きすると「睡眠薬のレシピとか知ってる？」と小声で聞いてみた。

「知ってはいますけど、聖獣様に効くかどうかは……」

『何をこそこそ話しておるのだ？』

「い、いえ。唯一の女性であるテリーヌがいいと言うなら僕が聖獣様も入れるようにこの家を作り直そうかなと」

『おお、そうであった。お主のあの不思議な力を使えば我が入っても窮屈でない家が作れるではないか。村長、この家を作り変えても良いか？』

聖獣様に睡眠薬を盛る話を聞かれたかと思い、僕は慌てて言わなくても良いことを言ってしまった。

これで村長が良いと言えば僕は素直にこの家をクラフトで作り直さなければいけなくなる。

たのむ村長。

断ってくれ……。

「作り変えるとは一体どういうことなのでしょうか？」

『お主もこやつが村の前で不思議な力を使って診療所や薬を作ったのを見ただろう？』

「……失礼ながらその様子を見てはいないのですが、あの建物と薬はレスト様がお作りになったので？」

どうやら診療所を作った時には村長は聖獣様の相手をしていて、僕がクラフトしている姿を見ていなかったようだ。

しかしここで否定しても意味はない。

「ええ。僕の力――ギフトは『クラフトスキル』と言いまして、素材と作り方さえわかれば大抵のものはすぐに作ることができるのです」

「おおっ、それで皆のための薬も作っていただけたわけですな。しかし薬だけでなく建物まで作れるとは」

村長は大きく頷くと「良いでしょう。私も是非レスト様のその力を見たいですし、この家の作り変えを許可しますぞ」と目を子供のように燦めかせて言った。

『ということだレスト。さっさと我のためにこの家を作り替えてくれ。頼んだぞ』

「は、はぁ……わかりました……ふぅ……」

僕は力なくそう返事すると、聖獣様の長話からどうやって逃れようかと考えながら両手を家に向けて突き出しながら素材化を発動させた。

元々空き家ということもあって、中のものを整理する必要もないだろうと気軽に家をまるごと素材化した僕だったが、家の跡地に現れたものを見て首を傾げた。

家が建っていた場所の中央あたりだろう。

そこに大人が手を広げたくらいの大きさの真四角の穴が現れたのである。

「えっと……あれってなんだろう？」

「井戸にしては大きいですし、家の中央の床下に井戸を作るとは思えませんな」

「レスト様、村長様に聞いてみてはどうでしょう？」

村のことは村長に聞くのが一番だ。

僕は振り返ると、村長に声をかけようとした。

「村──」

「聖獣様、ありがとうございます」

しかし当の村長は、なぜか聖獣様に襟首を咥えられていた。

『いくらレストの力に驚いたとて、突然腰を抜かすでない』

どうやら僕が家をまるごと消し去ったことに驚いて腰を抜かしたらしい。

そして倒れそうになったところを聖獣様に助けられたようだ。

「大丈夫ですか村長」

「い、いや大丈夫です。すこし驚いてしまいましてな」

僕は聖獣様を手伝って村長を立ち上がらせる。

それからテリーヌが検診を申し出たが「もう大丈夫」と村長は答え、足で数回地面を踏みしめてみせた。

これなら問題ないだろう。

僕は先ほど聞こうとしていた質問を彼に投げかけることにした。

「ところで村長。あの穴は一体なんなのか知ってますか？」

「――まさかこのようなことがレスト様にできるとは」

「何か知ってるんですね？」

「ええ。ですがあの穴のことは……」

村長が何か言いづらそうに口ごもっていると――

『おお、これはあの入り江に繋がっている穴ではないか！』

突然後ろから割り込んできた聖獣様がそんなことを口にしたのだった。

「聖獣様はご存じなのですか？」

僕は話の矛先を聖獣様に変える。

『うむ。なんせ我もお主らと同じようにその穴からこの島にやって来たのだからな』

「ええっ、あの穴からってことはあの先は島の外に通じてるということなんですか？」

『そうだ。だが、いつの間にあの穴が塞がれていたのだろうか』

聖獣様がやって来た時はまだ上に家が建っていなかったのだろう。

だとすると村の人たちはあえてあの穴を塞いだということになる。

僕はそこまで考えると、村長にそのことについて聞いてみることにした。

「島の外に繋がる穴があるなんて僕は初めて知りました。ですが、どうして皆さんはその穴を塞いで隠すようなことを？」

「……別に隠してはおりませぬ。ただ、外部から何者かが侵入してくる可能性があったので蓋をしたまでです」

村長はそう答えると続けて言う。

「なんせ、あの穴の先にあるのは我らが聖地としておる場所でしてな」

『ふむ、だがこの際だ。その穴とその先にある聖地について、レストには話しておいたほうが良いだろう』

微妙に言葉を濁す村長を制して、聖獣様が提案を口にする。

「是非お願いします」

僕は村長に軽く頭を下げて言った。

『ではまず我が知っていることを話そう。少々長い話になるが――』

「手短にお願いできます？　後、できれば村長からも一緒に話を聞かせてもらえるとありがたいんですけど」

聖獣様に好き放題喋らせては、明日の朝まで話が続きかねない。

「わかりました。しかしこんな所で立ち話もなんですな」

「それもそうですね。それじゃあ」

僕は全員に一度穴から離れるように言って、自分も家の敷地から出る。

それから十分皆が離れたのを確認してから頭の中で設計図を組み上げてからスキルを発動させた。

「クラフト！」

手持ちの資材と先ほど手に入れた建材を使って、聖獣様が出入りしても問題ない大きな出入口と土間が付いた家をクラフトする。

「それじゃあこの中で話を聞かせてください。それと一応穴の周りは木の柵で覆っておきましたので落ちる心配はないはずです」

僕は後ろで見ていた一同にそう告げると、聖獣様が立ったまま入れるように作った大きめの引き戸を開け先に中にへ入った。

家の中は簡単なキッチンと土間。

そして大きめの部屋が一つと小さめの部屋が二つ。

後はトイレと聖獣様が眠れるように藁を敷き詰めた一角だけという簡素な造りだ。

大部屋の天井がかなり高く作ってあるのと、大部屋の真ん中に柵で囲んだ穴が開いている以外は特に特殊な家ではない。

まぁ厩舎のような場所と穴があるだけで十分特殊ではあるのだが。

「さて、後は家具をクラフトしてっと」

僕は皆が座って話せるように椅子とテーブルをクラフトし、ついでに大部屋と小部屋にベッドや寝具、箪笥など基本的な家具を設置する。

大部屋は僕とキエダが泊まる部屋で、小部屋はテリーヌの寝室にする予定だ。

『これなら我にも十分出入りできるな。しかも寝る場所もあるではないか』

「天井も高いですから、頭をぶつける心配もないですよ」

僕の後に入ってきた聖獣様は、思っていたより満足してくれたようだ。

「レスト様、馬車から持ってきた食材は何処に置けば良いですかな?」

「本当にとんでもない魔法ですな……このような魔法は長く生きてきましたが初めて見ました」

後から入ってきたキエダに村長が感想を述べる。

僕はキエダに、食料はキッチンの机の上に置くよう告げると、その後ろから入ってきたテリーヌに意見を聞きながらキッチン用品をいくつかクラフトした。

意見をまとめてクラフトスキルを使うことを、この領地に来てからは何度か経験しているおかげでかなり手慣れてきた。

一通り家の中の物もそろえ終えたところで、テリーヌがキエダの荷物からお茶と、拠点を出る時に用意してもらったアグニ特製のお菓子を取り出し準備を始める。

お湯を沸かすために作った竈《かまど》には、燃えやすいように加工した薪と炭と着火剤を素材収納から取り出してセットしておいたので簡単に火起こしはできるはずだ。

「火を付ければいいのですかな？」

テリーヌが竈に火を入れようと火付け道具を荷物から取り出すと、それを見ていた村長が彼女にそう声をかけた。

「はい、今からお湯を沸かしますので」

「なるほど、それでは私が火を付けましょう」

なんだろうと見ていると、村長は竈の前にしゃがみ込むと薪に指先を向けた。

「炎よ」

村長がそう呟くと彼の指先に小さな炎が生まれる。

そして次の瞬間その炎が薪に向けて飛んでいく。

「それはまさか炎の……」

村長が薪に火を付けるのを見て、僕は彼が『炎のギフト』の持ち主かと問いかけようと口を開きかけた。

だけれどその問いを最後まで口にする前に思い出したのだ。

劣化《レッサー》と自らを称してはいるが、彼らはエルフ族なのだということを。

「いやはや、レスト様の魔法《ちから》に比べればお恥ずかしい限りの小さな力ですが」

「やはり貴方たちも普通のエルフ族と同じように魔法が使えるのですね」

「ええ。ですが純粋なエルフ族の魔法に比べれば些細なものです――」

村長はそう答えると流し台に手を向けて「水よ！」と口にした。

すると今度は彼の手のひらにこぶし大の水球が形成される。

そして水球はそのまま流し台の中に飛んでいき、水音を立てて弾けた。

「我々が使えるのは火水風土の四大元素魔法です。ですが使えると言っても、純エルフどもが言う『初級魔法』程度でしかありませんし、成人するまではその魔法もほとんど使えるものはいないのです」

「成人まで？　なぜです？」

「我々レッサーエルフは成長しないと魔力が弱すぎて魔法としての形を形成できないのです。稀に先祖返りをおこし、幼い頃から強い力を持つ者も生まれますが、大抵は先ほど程度の魔法を使うのが限界なのです」

「謙遜することはないですぞ。我々人族には『ギフト』という力はありますが、それは一人に一つだけの力。貴方様方のように何種類もの属性を使いこなせる者はほぼいませんからな」

「僕も一つの系統のギフトしか使えないですからね。火を熾すことも風を吹かせることもできず、水は素材収納から一応は出せるけど、それは造り出しているわけじゃないしね」

四大元素魔法を全て使えるのは、僕が知る限りエルフ族だけである。

特に純粋なエルフ族は四大元素魔法を完璧に操る力を持っていて、王国ですら彼らの住む地を攻めることはせずに、使者を送り合い共存関係の道を探していると聞いている。

といってもエルフ族は自らを気高い種族だと言って、他種族のことを下に見ているという。

なので王国がエルフに対して対等な関係を結ぶ交渉は難航中だと父がぼやいていたのを記憶している。

しかし、それに比べてコリトコたちレッサーエルフ族には、今のところ全くエルフとは真逆の印象を僕は感じている。

まず物腰が柔らかで、何処の馬の骨ともわからない僕ら相手にでもきちんと客人扱いしてくれている。

聖獣様のおかげもあるのだろうが、それでも彼らからは人を見下すような感情は感じ取れない。

それは自らのことを劣化《レッサー》と呼ぶことと何か関係があるのだろうか。

「レスト様。お茶の準備ができました」

村長からレッサーエルフの魔法について話を聞いている間に手際よく準備してくれていたのだろう。

テリーヌはそう言うと僕と村長に大広間のテーブルへ着くように促した。

大広間とは中央に穴のある一番大きな部屋のことだが、僕はそこで皆が話をできるようにとテーブルセットをクラフトしておいたのである。

テリーヌは手に持ったティーセットをキエダに手渡し、自分はアグニのお菓子を綺麗に並べた皿を二つ持ってテーブルに向かった。

『我は馬舌ゆえ熱いものは苦手なのだが』

テーブルの横まで歩いてきた聖獣様が、聖獣様用の深皿に注がれる熱々のお茶を見ながら呟く。

馬舌って初めて聞く言葉だが、たぶん猫舌と同じ意味なのだろう。

『テリーヌ、悪いのだがこのお茶を冷ますためにフーフーしてくれまいか？』

「フーフーですか？」

『うむ。お主のその美しい吐息で冷ましてもらえれば、我はそれだけで――』

「それなら僕がやるよ。テリーヌは他の人たちの分のお茶を入れてあげて」

自らの性癖に素直になりかけている聖獣様の言葉を遮り、彼の容器に注がれたお茶に向けて僕は思いっきり息を吹きかけた。

「フーッ!!」

『ウグワーッ!!　何をするのだーっ!!』

「馬舌なのでしょう？　だったら僕が冷ましてあげようかなって」

『違うそうじゃないっっ!!』

「違うって何がです？　これで冷めたはずですよ。さぁ飲んでくださ……ん？」

そんな騒がしい騒動の最中だった。

どこからともなく冷たい風が僕の頬を突然撫でたのである。

突然頬に感じた風に僕は意識を奪われた。

家をクラフトしたばかりで窓も開けていないから隙間風なんて入ってくるはずもない。

それに今感じた風は冷たく、外の暖かなものではなかった。

『どうしたのだ？』

「いや、どこからか冷たい風が吹いてきて、一瞬ヒヤッとしたので」

『ふむ……』

「あっ、まただ」

僕は風が流れてきたと思われるほうに顔を向ける。

それは僕たちが着いているテーブルから少し離れた所。

誤って落ちないようにと僕が柵で周りを囲んだ例の穴が口を開けていた。

どうやら風はその中から家の中に流れ込んできているようなのだ。

「やっぱりあの穴から風が吹いてきてる」

ずっとではないが時々穴から風は吹き出しているようで、そのたびに僕の顔を冷たい風が撫でていく。

『ということは満月が近づいているのか』

「何か知ってるんですか？」

天井を見上げた聖獣様のつぶやきに僕が質問を返すと、聖獣様は顔を下げて答える。

『うむ。満月が近づくとこの島の周りの海が荒れてな……その時期は穴の先にある入り江が変貌するのだ』

入り江？

あの穴の中にそんなものが？

「レスト様」

「キエダも感じただろ？　あの穴から来る風を」

「はい。私もあの穴のほうから風が来るのを感じますな。ですが」

キエダはテリーヌから受け取ったお菓子の載った皿を机の真ん中に置くと「とりあえずお茶をしながらお二人から話を聞きましょう」と言った。

確かに今から僕たちは穴の話をするために準備をしていたのだ。

「確かにそうだ」

僕は穴からテーブルに視線を戻すと、テリーヌが席に座るのを待って口を開いた。

「それでは皆さん。お茶とお菓子を食べながら話を聞かせていただきましょうか」

それからしばしテリーヌが用意してくれたお茶とアグニのお菓子を堪能して一息ついた頃、村長が最初に口を開いた。

「さて、何からお話ししましょうか」

『最初にあの穴の先にある入り江についてからで良いのではないか？』

「ですな。それでは私が話しますので、何か補足があればお願いします聖獣様」

『うむ任せるが良い。むしろ我が語っても良いのだが？』

「いえいえ、聖獣様のお手を煩わせるわけにはいきませんので。ここは私めが」

『……そうか。そこまで言うなら仕方がない』

絶対に聖獣様に喋らせると無駄に長くなるからに違いない。

『既に我の中では全十章にも及ぶ物語風の解説が出来上がっていたのだがな』

村長のおかげで、その長大巨編を聞かされる悪夢を回避できたことに皆が胸をなで下ろした気配を感じる。

聖獣様以外の皆の心が一つになった瞬間だった。

「ではお話ししましょう。あの穴の先にある場所なのですが――」

村長は自らが前の村長から聞かされたという話を語り出す。

あの穴の先には、聖獣様が言ったようにこの島に上陸することが可能な入り江があるのだという。

その入り江に続く道は、僕が上陸のためにクラフトしたような綺麗なトンネルではなく、なんらかの自然現象で作られたような洞窟なのだという。

分岐点も多く、それぞれの道も曲がりくねり、登ったり下ったりするうえに数メルほどの段差が何カ所もあるらしい。

そんな洞窟を抜けた先にある入り江は、普段は落ち着いた雰囲気を醸し出しているのだが、満月が近づくと別の顔を見せ始めるという。

「別の顔？」

「はい。簡単に申しますとかなり荒れるのです。そしてこの島に入り江から上陸するためにはその荒れを利用する必要があるのです」

荒れを利用するとはどういう意味なのか。

僕がそのことを尋ねる前に聖獣様が自慢げに口を挟んでくる。

『しかし我のような実力者なら、そんな日を待つこともなく海の中を潜って侵入できるのだがな』

「潜って来たんですか？　というかどうしてそこまでしてこの島に……」

『……我がどうしてこの島に来たのかは言いたくはない』

「そうですか。じゃあ仕方ないですね」

どうせ碌な理由ではないと思うし、無理に聞き出そうとしてやぶ蛇になっても困る。

それに聖獣様がこの島に来た理由なんて知っても意味はなさそうなので、変に追求せずに僕は村長に話の続きをお願いした。

「続き……ですか？　あの穴の先にあるものについてはそれだけですが」

「そうですか。じゃあせっかくなので貴方たちがこの島にやって来た理由を教えてもらえないでしょうか？」

最初コリトコが拠点にやって来た時は、この島に先住民がいると知って驚いた。

もしかするとかなり昔から彼らは住んでいたのだろうかとも考えていた。

だけれど彼らの話や村の様子からすると、彼らがこの島に移住してきてそれほど年月が経っていない様子である。

しかも言葉の端々から、彼らのエルフ族に対する何かおびえのようなものを感じるのだ。

王国がエルフ族との親交を深めようとしている最中、王国の一領主である僕は彼らレッサーエルフ族がエルフ族を恐れる理由を知っておいたほうが良い気がする。

「そうですか。といってもこちらの事情も聖獣様と同じようにあまり話したくはない類いのものなの

「無理にとは言わないけど、僕はエルフ族と話をすることがあるかもしれない立場だから、貴方たちにとってそれが不利益になる可能性を考えると今聞いておきたいんですよ」

ですが……」

「……いいでしょう。これから私たちが貴方たちに協力していただきたいこともありますし、エルフ族と我々の間に起こった話を聞いてもらうのには良い機会かもしれません」

村長はお茶で唇を湿らせてから僕たちを見回して、最初にこう尋ねたのである。

「私は今、何歳くらいに見えますか？」

「え？」

「私の年齢です。何歳ぐらいに見えますでしょうか？」

「そうですね……」

キエダが確か六十歳ぐらいだったが、それより村長は年老いて見える。

なので七十代後半くらいか。

だけれど彼はエルフ族である。

エルフ族と言えば人間の数倍もの寿命を持つ。

そして成人してからは長い期間を変わらぬ姿で過ごすと聞く。

なのでもしそれが本当の話であるなら、目の前の老人は見かけとは違いかなりの高齢のはずだ。

だとすると二百――いや三百歳の可能性もありえる。

「人間で言えば六十代後半から七十歳ほどに見えますけど、エルフ族の皆さんは非常に長寿らしいので、どれくらいなのか……」

「ははは。そんなに長寿なのは純粋なエルフ族である純エルフだけです」

「そうなんですか？」

「ええ、ちなみに私の年齢はレスト様の予想範囲内でしてな。先日六十八歳になったばかりでございます」

好々爺のように小さく笑いながらそう言った村長の言葉に、僕は驚いた。

『驚いたようだな？　レッサーエルフ族の寿命は人間と変わらんのだ。ちなみに我の年齢は――』

「聖獣様、今村長と話をしているんで後で良いですか？」

『……うむ……』

聖獣様が口を挟んでくれたおかげで少し冷静になれた僕は、椅子に座り直しながら村長の顔を見る。

悪戯が成功したかのような表情を浮かべた老人の顔の横には、エルフ族であることを示す長く尖った耳が付いている。

それが彼が確かにエルフ族の血を引いていることを示している。

なのに僕たち人族と同じ程度の寿命しかないというのだ。

「それは本当なんですか？」

「本当です」

「もしかして何か老化が早まるような病にでもかかっていらっしゃるとか？」

「病……いいえ病などではありません。それが我々にとっては普通のことなのです」

そして村長は語り出す。

レッサーエルフのレッサーの意味を。

「我々の祖先も昔はエルフ族ほどではないにしても、それなりに長い寿命を持っていたと聞いています」

そして村長は先祖代々引き継いできたレッサーエルフの歴史を語り出す。

エルフの国があるのはルアート大陸と言う。

僕ら王国の民が略的に東大陸と呼ぶ大陸だ。

この島からだと東北方面にある大陸で、そのほとんどが森で覆われていると聞く。

人種的には森の奥に住むエルフ族、比較的森の浅いところから平地に住む獣人族、エルフ族より更に奥地にある高山地帯に住む竜人族、川の近くに住むリザード族等多種多様な種族が住んでいる。

ある時その大陸の奥地にあるエルフの国で問題が起こった。

それは猛烈な少子化だった。

長い寿命を持つエルフ族にとって、子供が少ないことはそれほど問題視されていなかった。

そのために種が存続できないほど子供が長い間生まれていないという事実に気がつくまでにかなりの年月を要したという。

エルフという種族はこのままでは滅んでしまう。

それを察した一部の者たちが推し進めたのが他種族との婚姻であった。

エルフ同士ではなかなか生まれない子供も、他種族との間であれば比較的容易に生まれるということを、彼らはエルフの森から出ていった者から聞いていたのである。

推進派のエルフたちはそれに種族の存続をかけるべきだと主張をした。

しかし今までそういった他種族との間にできた子を劣等種だと迫害し、黙殺してきた他の純エルフたちにはとても受け入れることができない話であり、推進派はエルフの世界と呼ばれるエルフの森から追放されるに至ったらしい。

そしてエルフの森の残ったエルフたちは、自らを純血種である純エルフと自称し、他種族との間に生まれたエルフの子を『エルフの劣等種《レッサーエルフ》』と呼ぶようになった。

結果を見るとどちらが良かったとは言えない。

最初は他種族との交配で生まれた子供も純エルフに近い力を持っていた。

だが代を重ねるにつれエルフの血は徐々に薄まっていき、今では『初級魔法』程度しか使えないものがほとんどという状態になってしまっている。

そして初期の頃は長かった寿命も徐々に短くなり、今では人族と同じ程度になってしまったのだという。

「不思議なことに人よりも寿命が長い種族との間に生まれた子孫も、同じように人族と同じ程度の寿命になってしまうのです」

「どういうことなんだろうか」

「わかりません。もしかしたらエルフの血の魔力があまりに強すぎるため、体がバランスを取ろうとした結果ではないかと」

エルフの森を追われた推進派は子孫を増やすため、ルアート大陸中を彷徨った。

純エルフは基本的に森の奥にあるエルフの国と森から出てこないため、推進派は彼らのいない平原などで子孫を残そうとしたわけである。

結果としてエルフの血を引く者たちはそれなりの数になったのだが、それを知った純エルフ族が動き出した。

純粋なエルフ族以外を認めない彼らは、その強力な魔力による魔法でルアート大陸と周辺の国々と種族に『外交圧力』をかけたのである。

「純エルフでないレッサーエルフをこれ以上増やしてはいけない。そのために各国に住んでいるレッサーエルフたちを純エルフの管理下に置くために引き渡せ、と」

レッサーエルフたちは、そんな純エルフからの迫害から逃れるためにルアート大陸を捨て散り散りに世界各地に旅立った。

その旅立ったうちの一組がこの島にたどり着いた。

それが彼らの祖先だという。

「もしかして僕が前に王都で見た純エルフの外交官の来訪目的も……」

「間違いなくそれが目的でしょう。ルアート大陸の国々は既に掌握し、次に世界へ手を伸ばし始めたということでしょう」

「……」

「私たちは一度も純エルフというものを見たことはないのですが」

村長はそう苦笑すると「先祖の話を聞くと恐ろしくて見たくもないですがね」と小さく呟いたのだった。

＊　＊　＊

村長からレッサーエルフの歴史を聞き終わった後、僕たちはあの穴をどうするかについて話し合った。

結論としては穴の先にあるという入り江の見学は後日ということになった。

一度はその先にあるという秘密の入り江を見ておきたい。

だけれどもう今日は日も暮れかけている。

穴の中の洞窟はどうせ光が届かないのだから関係ないかもしれないが、流石に今日は聖獣様の悩みの解消や、村の人々の健康診断をしたりでかなり疲れを感じている。

特に村人全員を診察したテリーヌは見た感じではわからないが相当疲労をためているだろう。

それに明日は泉の手前にある回廊出入口からこの村まで、道の整備を考えている。

もちろん村の人たちや聖獣様の許可を得てからになるが。

空中回廊の出口から泉までの道と、泉を渡る橋。

そしてそこから村まで馬車が通れるようにできれば、拠点からこの村まで直通の道ができることになる。

そうすれば拠点とウデラウ村の間で色々やり取りも楽になるだろう。

僕としてはこのウデラウ村と村人たちにはカイエル領に入ってもらいたいと願っている。

村長を含め、レッサーエルフの人たちとの交渉はどうなるかわからない。

突然外からやってきた人間が「この地は王国の領土で、僕はこの島の領主として任命された。これからは君たちは領民だ！」と言っても反感を覚えるのが普通だろう。

なので、これからじっくりと彼らと話し合って、領民になってもらえるように説得しないといけない。

もしそれが拗れるようであれば、僕より先にこの地に住んでいた彼らを尊重することを優先してなんらかの対応をしなければ、僕は彼らにとって『敵』になってしまう。

「明日、この村の皆さんと改めて話をさせてください」

「わかりました。ところで今日は突然のご来訪で何も用意できませんでしたので、是非明日は宴でも開かせていただきたい」

「宴ですか？」

「はい。それではまた明日お伺いします」

村長はそれだけ告げると立ち上がり、一礼してから家を出ていく。

「レスト様。それでは私は夕食の準備をいたしますね」

「手伝いますぞ」

『ふむ。では我はレストと話でもして待つとするか』

「いや、僕も手伝うよ！　むしろ手伝わせて!!」

顔を寄せてきた聖獣様から逃げるように立ち上がると、僕はテリーヌたちの後を追った。

『ならば我も』

その後ろを聖獣様が追いかけてきて——

「これでは調理ができないではありませんか。キエダと私だけで十分ですからレスト様と聖獣様は部屋でお待ちください」

無情なテリーヌのその言葉に僕たちはすごすごと部屋に戻るしかなかった。

『レッサーエルフの娘たちはエルフの血を引いているだけあって美しいのだが、多種族の血が混ざることによって純エルフの刺々しさが薄まってそれがまた——』

「ソウデスカ」

『もちろん我は純エルフと違い種族差別などせぬぞ。様々な種族の娘たちには様々な魅力がある。聞きたいか？』

「イエ、ベツニ」

『遠慮するでない。まずはリザード族の血を引く娘たちだが——』

それから僕は、夕飯の準備が終わるまでの間ずっと聖獣様による『どんな種族であろうとも、その娘たちがキャッキャキャうふふする姿が如何に尊いのか』という話を延々と聞かされる羽目になったのであった。

＊　＊　＊

聖獣様の長話で、最後に残っていた気力を根こそぎ奪われ爆睡した翌日。

僕とキエダ、そして聖獣様は聖なる泉に新しく架けられた木製の綺麗な赤い橋を見ながら話をしていた。

『良い出来ではないか』

「そう言ってもらえると苦労した甲斐がありますよ」

実際にこの橋を造るのにはかなり苦労をした。

最初は石橋を造ろうと思っていたのだけれど、聖獣様が『この泉に橋を架けるなら木製の橋が良い』と言い出したのだ。

しかも『色は鮮やかな赤がいい』と、色の指定までする始末。

木製の橋を造るための設計図はキエダが描き起こし、周辺の木々の一部を素材化することで本体部分の材料はそろった。

だが問題は染料だ。

なぜかというと、僕の持つ素材の中には『鮮やかな赤色』を出せるものがなかったからである。

なので僕は最初色については断るつもりでいた。

しかし『赤い色の材料が足りない？　それなら我が知っておるぞ』と聖獣様に言われては断る理由がなくなってしまった。

染料の素材があるという場所は例の聖獣様の住み処からさらに山側へ向かった所にある洞窟らしい。

テリーヌには村の人たちと宴の準備をしてもらい、僕とキエダと案内役の聖獣様で向かったその場所は、一見するとなんの変哲もない岩壁であった。

「この洞窟は安全なんですか？」

その岩壁にぽっかりと空いた洞窟の入口から中を覗き込みながら、僕は聖獣様に尋ねる。

『安全だから我も寝床にしておるのだ』

「寝床？　まさか聖獣様はここに住んでいるんですか？」

『うむ。我の真なる住み処はここだ』

村人たちが聖獣様の住み処と呼んでいる例の花溢れる広場と違い、目の前の洞窟は今にも中から魔物が飛び出してきそうな不気味さだ。

とても聖なる獣が住む場所とは思えない。

『お主だから教えたのだからな。決して他の者たちに教えるでないぞ。そんなことをしたら乙女たちの夢を奪うことになるのだからな』

「わかってますよ」

『もしバラしでもしたら、我のこの角でお主らの尻を貫くからな』

「ひえっ」

そう言って頭を下げ、角を見せつけてくる聖獣様から僕は自らのお尻を押さえながら飛び退る。

聖獣様の目が本気だ。

「それで聖獣様。この洞窟の中に例のものがあるのですかな？」

そんな僕たちのやり取りを余所に、キエダが洞窟の中を覗き込みながら言った。

この場所がバレたら尻を突かれるのは僕だけではないのだぞと言いたくなるが、キエダはあまり気にしていないようだ。

「キエダ……もしかして、もう経験が？」

僕の頭にそんなあり得ない想像が浮かんで、慌てて頭を振ってそれをはらう。

キエダは執事になる前は世界中を飛び回る冒険者だったが、そういう意味での冒険はしていないはずだ……と信じたい。

『洞窟の中もだが、まずはレストよ』

「なんです？」

『お主の力でこの洞窟の周りの岩に水をかけてみろ』

「水ですか？」

聖獣様の寝所に入るための儀式か何かだろうか？

僕は訝しみながらも素材収納から水を選択する。

そしてそれを目の前の洞窟の周りにかかるように取り出した。

その途端だった。

「えっ」

「ほう……これは」

水がかかった場所を中心として、今までただの岩だと思っていた壁が一瞬で真っ赤に色づいたのである。

一体どういうことなのかと戸惑っている僕の横を、キエダが「まさか、こんな所に」と呟きながら岩壁に近づいていく。

『どうだ。見事なものだろう』

自慢げに胸を張る聖獣様だったが、確かに目の前の美しい赤を見ればその言葉に同意するしかない。

それほど岸壁に現れた赤は鮮やかだったのだ。

「聖獣様、少し削ってもよろしいですかな?」

『うむかまわんぞ』

「では失礼して」

キエダは聖獣様に許可を取ると、愛用のナイフを取り出してその柄の部分を岩にこすりつける。

するとキエダの手のひらに僅かな岩の欠片が落ちた。

何度かそれを繰り返したキエダは、手の中の真っ赤なかけらを持って僕たちのもとへ戻って来た。

その顔は何やら興奮を隠しきれないような表情が浮かんでいる。

僕は彼がこんな表情を浮かべたのを今まで見たことがなかった。

それほどめずらしい表情で彼は僕に向けて手のひらの欠片を見せつける。

「レスト様、ご覧ください この『鮮やかな赤』を!」

キエダが差し出した手のひらの上に乗っている岩のかけらは、その全体が鮮やかな赤に彩られている。

しかも削り取られた断面の色の鮮やかさは、目の前の岸壁よりも美しい。

水がかかっただけでこんな色になるとは、なんと不思議な岩なのだろう。

僕はこんなに鮮やかな色の岩なんて見たことも聞いたこともない。

そういえばキエダは先ほど「まさか、こんな所に」と口にしていたはず。

つまりキエダはこの岩のことを知っているということになる。

「キエダはこの岩のことを知ってるの？」

嬉しそうに手のひらの上の岩を見つめるキエダに僕はそう尋ねた。

「これは非常に珍しい赤崖石《せきがいせき》という鉱物でございます」

「赤崖石……初めて聞く名前だ」

「でしょうな。私も若かりし頃、西の国で一時だけパーティを組んだベテラン冒険者から『お守りにしている石だ』と見せてもらっただけですので」

キエダの話によれば、そのベテラン冒険者が持っていた赤崖石は目の前にあるものよりも質が悪く、水で濡らしても赤黒く変わるだけだったという。

その冒険者が言うには、特に美しい赤に変わる赤崖石は大変貴重なもので、こぶし大のものでも発掘できたならとんでもない金額で売れるらしい。

そのうえ、基本的に西方のごく一部の場所でしか発掘されないため、その地を治める国が今では厳重に管理していて滅多なことでは外国で目にすることはできないという。

『そんなに貴重なものではないぞ。雨の日になるとここら辺一体の岩が全て真っ赤になるくらいだからな』

「この岩壁全てが……」

「一体どれくらいの価値になるのでしょうな」

　僕たちはその岩壁を見上げながら、しばらく赤く彩られた岩山の前で呆然としたのだった。

＊　＊　＊

　聖獣様の許可を得て赤崖石《せきがいせき》を素材化して収納した後、僕らは聖なる泉に戻り赤い橋の建築作業に入った。

　最初に橋桁の土台になる石を泉の中に沈めていく。

　橋を架ける場所は泉の中で一番対岸との間が狭まっている場所に決め、その場所から真っ直ぐ直線方向に沈めた土台は、池の底のさらに下にある硬い地層まで打ち込む。

　その作業は主に聖獣様の力を使わせてもらった。

　土台の上にさらに打ち込み用の場をクラフトし、そこを聖獣様が力一杯叩き付けることで安定した土台を作り上げたのだ。

　おかしな所ばかり目立つ聖獣様であったが、周りの危険な魔獣を一人で追い払い続ける実力は本物だと僕は改めて彼のことを見直したほどである。

次に対岸に向けて等間隔に沈めた土台の上に今度は橋をクラフトする。

打ち付けに使った部分を素材化で消し、全体の高さを合わせてからその上に木製の橋脚を建て、そしてそこに橋の上部をクラフトで載せる。

クラフトの力が届く範囲までそれを繰り返し、届かなくなったら造った橋の上を歩き同じことを行う。

三回ほどそれを繰り返したところで対岸まで橋がかかり、後は細かな修正と確認作業をキエダと共に行って橋は完成した。

ちなみに橋の建設用には、先に加工しておいた木材を使っている。

木材の腐朽加工についても橋マニアのキエダが知っていたので、その知識を生かして木材を素材から資材へ加工する時に同時に行った。

今回はそれに加え赤崖石《せきがいせき》で加工時に既に色を付けているのだが、後にわかったこととして赤崖石《せきがいせき》には塗り込んだものを保護する力があったようで、この橋は通常の木製橋の耐久年数を超え百年以上も朽ちずにこの地に残ることとなる。

ともあれキエダから聞いた赤崖石《せきがいせき》の末端価格と使った量を考えると、この橋の値段はとてつもないものになるはずで、普通の橋なら同じ金額で何度か立て替えたほうが安上がりではある。

特に何もなければ千年以上は持つ石製の橋に比べればそれでも耐久年数は下がるが、神秘的な泉に架かる橋としては美しい朱に彩られた木製の橋は確かに映える。

僕たちはようやく出来上がった橋を少し離れた岸辺から眺めた。

「最初真っ赤な橋がいいと聖獣様に言われたときは自然の風景に合わないんじゃないかなって思ったけど……」

「青と緑と赤の対比が神秘さを引き立ててますな」

『我の言ったとおりだったであろう？』

自慢気に鼻を鳴らす聖獣様だったが、今回ばかりは同意せざるを得ない。

聖獣様の『なぜ赤が映えると思ったのか』という長話を聞き流しつつ、僕たちがその美しい風景を眺めている時だった。

「レスト様ぁ〜」

背後にある村の方角から少し幼い子どもの声が聞こえてきた。

振り返ると、村へ繋がる道の向こうからコリトコが何やら棒のようなものを肩に担ぎながらこちらに向かい大きく手を振っていた。

コリトコの後ろからはテリーヌと数人の子どもたちが歩いてくるのが見える。

「わわっ。本当に橋ができてる！」

泉の近くまで走ってきたコリトコが、泉に架かる橋を見て驚きの声を上げた。

続いて他の子どもたちもやってくると、コリトコと同じように橋を見てはしゃぎ出す。

そして手にしていた荷物を地面に置くと、一目散に橋に向けて走っていった。

「気をつけてね」

「「「はーい」」」

遅れてやってきたテリーヌが子どもたちに声をかける。

どうやら彼女は宴の準備の間、子供の世話を任せられたらしい。

いや、むしろテリーヌが自ら申し出たのかもしれない。

何せ彼女の料理の腕前は——

「子守りかい？」

「子どもたちが暇そうにしてたので、村長様に私が相手をしましょうかと」

「テリーヌらしいですな」

キエダはそう言うと、地面に子どもたちが置いていった荷物を見てこう続けた。

「ところでこの荷物からすると、皆は釣りをしにやってきたのですかな？」

「ええ。ただ単に泉に行くだけではつまらないとメリメちゃんが言い出して」

「メリメ？」

「コリトコの妹さんです。ほら、あの子どもたちの中で一番小さな女の子」

僕はテリーヌが指さしたほうへ顔を向けた。

橋の上を五人の子どもたちが走り回ったり、欄干から湖を覗き込んだりしている姿が見える。

その中で一人の女の子が、少し年上っぽい男の子と何やら話をしている姿があった。

「あの子がコリトコの妹か」

「ええ。コリトコも手を焼くほどやんちゃな妹さんらしいです」

僕は彼らが泉に落ちないように見ていてくれとキエダたちに告げると、地面に置かれた釣り竿を一本手に取る。

作りとしてはとても簡素で、枝葉を切り取った棒に何かの糸で作った釣り糸と釣り針があるだけのものだ。

王都で売っていた立派な釣り竿とは比べ物にならない。

「釣り針は石で作ってあるのかな？　器用なもんだ」

僕はしげしげとそれを一通り見回してから地面に戻す。

しかしウキもないこんな釣り竿でも、この泉の魚は釣れるというのだろうか。

僕は泉のそばまで歩いていくとその中を覗き込む。

透明度がかなり高いおかげで、岸の近くは水底が見える。

そして水の中にはそれなりの魚影が確認できた。

「聖獣様。この泉ってどんな魚が釣れるんです？」

『どんなと言われても我には魚の名などわからぬが、大きいものならお主と同じくらいの魚もいたはずだ』

「そんなに大きい魚がいるんですか？」

『うむ。泉の中央辺りを根城にしていたはずだ』

そんな巨大魚がこの泉にはいるのか。

僕は巨大魚の根城があるという中央に目を向ける。

透明度が高い聖なる泉ではあるが、流石にその辺りはかなり水深があるようで巨大魚の影を見ることはできない。

「主釣りか」

「レスト様。主釣りに挑戦してみますか？」

「それも面白そうだけど、リナロンテのところまでの道を作るのが先だよ」

今日の予定は橋だけではない。

橋の次はリナロンテが待つ回廊の出口から村まで、馬車が通れるように道を整備する必要がある。

昨日からずっと放置したままなので、いい加減にそろそろ村まで連れてきてあげないとさすがに可哀相だ。

僕は子どもたちのことをテリーヌと聖獣様に任せその場を離れる。

そしてキエダと共に子どもたちが遊び回る橋を渡り、その先の森の前まで来るとおもむろに両手を前に突き出し。

「クラフト！」

そう口にしてクラフトスキルで森の中に道を作りながらリナロンテのもとに向かったのだった。

＊　＊　＊

「き、来ましたわっ！！」

テリーヌの悲鳴にも似た声に振り向く。

彼女は今、一本のしなる棒を両手で必死に胸元に抱え込むようにして、フラフラと頼りなく体を揺らしていた。

テリーヌが今手にしているのは、僕が馬車を曳いて戻ってきてから作った最新式の釣り道具である。

貴族社会にようやく出回り始めた『リール』という釣り糸を巻き取る装置を付けた釣り竿を僕に見せてくれたのは、海沿いの領主の息子だった。

彼は王都に来ても休みの日には漁師に混ざって船に乗り沖で魚を釣るのが趣味で、一度だけ僕は彼に誘われて堤防釣りに出かけたことがあった。

どうして防波堤なのかというと、彼曰く『初心者はまず防波堤』だからだそうで。

その時にこの最新式の釣り道具の仕組みを彼に教えてもらったのである。

その後興味本位で仕組みを調べ、クラフトしてみたのが、まさかこんな所で役に立つとは思わなかったが。

「きゃあっ!!　引っ張られますっ」

「危ないぞっ。今行くから踏ん張って!」

僕は手にしていた釣り竿を地面に放り投げて彼女に駆け寄ると、彼女の手と一緒に釣り竿を握りしめる。

思ったより強い曳きに驚きつつも、僕は足を踏ん張りながらリールをゆっくりと巻いていく。

「これは大物だ」

「ひぃぃうっ」

馬車を曳いて戻ってきた後、突発的に始まったこの釣り大会は、今のところコリトコたち村の子供たちが圧勝であった。

彼らが何匹も釣り上げる間、僕たちは一匹も釣り上げられていなかった。

ただ彼らの釣り上げた魚は小物が多く、テリーヌの竿にかかったこの大物を釣り上げられれば一発逆転も可能だと僕は気合いを入れ直す。

といっても別段この釣り大会には『一番大きな魚を釣り上げた者が優勝』などというルールはないのだけれど。

「焦るな……焦るな僕」

目を閉じて必死に竿を持つテリーヌを僕は「大丈夫。任せて」となだめながら魚の力になるべく逆らわないように竿を動かす。

大きな魚がかかった時にどうすれば良いかは、例の堤防釣りの時に教えてもらっている。

といっても、その時大物を釣ったのは僕ではなかったのだが。

「無理に引っ張ると釣り糸が切れるから、ゆっくりと魚を弱らせるんだ……」

水の中に僕の腕ほどの大きさはありそうな魚影がちらちらと見えてきた。

必死に逃れようとする魚と僕たちの戦いはそれからしばらく続いて。

ようやく魚の力が落ちてきた頃には子供たちが近くによってきて、全員が固唾をのんでその戦いを見守っていた。

「レスト様、いつでもよろしいですぞ」

そんな中でもキエダは冷静に掬い網を手にして魚の動きを探り、掬い取るチャンスを窺って岸で待っている。

僕は彼の言葉に無言で頷くと、テリーヌの耳元に「それじゃあ3、2、1のタイミングで一気に引くよ」とささやきかけた。

それに対してテリーヌが無言で頷き返すのを確認して僕はカウントダウンを始める。

「3」

竿を持つ手に力が入る。

「2」

魚影は後少しでキエダの網が届く範囲だ。

「1！　それっ!!」

「はいっ！」

号令と共に二人で一気に竿を引く。

かなり弱っているとはいえどもかなりの大物だ。

腕にかかる重さは予想以上。

「んぬうっ！」

「んっ！」

僕とテリーヌの声に力が入る。

「来ましたぞっ！」

キエダの声の直後、網が水を叩くような音が聞こえたかと思うと、バシャバシャと激しく水を打つ音が辺りに響き渡った。

それは網の中で巨大魚が暴れ回っている音である。

同時に竿を引っ張る力が緩くなった。

「これは……なかなか。むんっ」

どさっ。

地面に重いものが落ちる音と同時に、僕とテリーヌが尻餅をつく。

「きゃっ」

「いてて」

痛む尻を押さえながら僕は慌てて立ち上がると、隣で同じようにお尻を押さえていたテリーヌに手を貸し立ち上がらせた。

「大丈夫？」

「ええ、平気です。それよりも」

「ああ、僕らが釣り上げた魚を見に行こう」

お尻に付いた汚れを払いながら僕たちは子供たちが輪になっている場所に向かう。

その中心ではキエダがしゃがみ込んで、先ほどの魚を網から取り出そうとしているようだ。

「キエダ、どうだい？」

「レスト様、見てください。立派な魚ですぞ」

キエダはそう言うと、釣り上げた魚の口を持って持ち上げた。

聖獣様から聞いた泉の主とまでは流石にいかないだろうが、その魚は予想通り僕の腕よりも太く大きい。

いや、それどころかコリトコの身長に近いくらいの巨大魚であった。

「これは凄いね」

「私が引っ張られるのも当たり前ですね」

僕とテリーヌが疲れながらも嬉しげに魚を見ながら感想を口にすると、コリトコと子供たちがそんな僕たちのほうを向いて輝くような笑顔ではしゃぎ出す。

「領主様！　あっち、こんなおっきな魚は村の人でも釣ったのを見たことないよ！」

「凄ぇ！」

「ごちそうだぁ」

「美味しそう」

途中から食欲のほうが上回り始めたようだが、たしかにそろそろお腹も空く時間である。

今日の宴では子供たちが釣った魚も調理されるとコリトコから聞いているが、それに僕たちが釣り上げたこの巨大魚も加えてもらわないといけない。

「よし。それじゃあ釣り大会はこれくらいにして村に戻ろうか。道具とか魚はあの馬車に積むから持っておいで」

僕は馬車を指さして皆に告げる。

「はーい」

「わかったー」

「竿とかお片付けするぅ」

元気良く返事した子供たちは、そのまま自分たちの釣り竿と釣り上げた魚を取りに周囲へ散っていく。

「さて、僕たちも行こうか。それにしても聖獣様は何しているんだ？」

「ずっとあのままですわね」

「何か話をしているのかもしれませんな」

僕たち三人が見つめる先。

橋の近くに停車させてある馬車の前に聖獣様はいた。

僕たちがリナロンテと馬車を連れてきてからずっと、聖獣様はリナロンテの前で何やら馬語で喋りつづけているのである。

『ぶるるるっ』

『ぶるるっるるるっ』

時に小さく、時に荒々しく。

獣の言葉などわからない僕らには何を話しているのか全くわからない。

「もしかしてリナロンテ相手にもあの長話を聞かせてるんじゃないだろうな？」

「かもしれませんな」

僕はげんなりしながら、聖獣様の長話を止めさせて馬車をここまで曳いてくるために真っ赤な橋へ向かうのだった。

＊　＊　＊

その日の夕方から始まった僕たちの歓迎会は、テリーヌの釣り上げた巨大な魚が調理され、引き出されてきた頃に最高潮へ達する。

村長やコリトコ、そして彼の父によって僕たちは百人ほどいるという村人たちに次々紹介される中、僕はあることを知った。

「調査団の生き残りが？」

「はい。数人ですが、当時この村の若い衆が森の中で人族が倒れているところを保護しまして」

その頃のウデラウ村は今と違い、まだ聖獣様の加護が今ほど強くなかったらしく、村からそれほど離れていない場所に魔物や危険な動物が住んでいたのだという。

「加護……ね」

加護というか、魔物たちは聖獣様に一方的に喋りかけられて迷惑だからこの地を離れていっただけな気もするが、そのことは村人たちには言わない約束になっている。

僕はチラリと村の娘たちから飼い葉を食べさせてもらいながらだらしない表情を浮かべている姿を横目で見ながら話の続きを聞いた。

「見つかった時は植物魔獣の毒で麻痺させられていたようで、まともに会話ができるようになる迄にかなりの時間がかかりまして」

「それでその人たちは？」

意思疎通ができるようになった団員から詳しい話を聞いたレッサーエルフたちは、彼らの無事を伝えるために調査団の拠点に向かったのだという。

しかし、そこにあったのはもぬけの殻となった拠点だけで、人の姿は既になかったらしい。

「王国からの撤退命令の後だったってわけか」

「でしょうな。王都に残された記録によれば調査団には確認された死者だけでなく行方不明者も十人ほど出ていたはずですぞ」

十人のうち何人かがこの村の住民たちに助けられたということなのだろう。

そして彼らが治療を受けている間に調査団は撤退し、そのまま置き去りにされたと。

「調査団が引き上げてしまえば、この島から出る手段はない。そして助けを呼ぶ手段もない……か」

「それで村長殿。生き残りの皆さんはその後どうなされたのですかな？」

キエダの問いかけに村長は答える。

「一部の人たちを除いて、三人ほどがこの村で暮らすことになりました」

「一部の人たちはどうしたの？」

「なんとか帰る手段を見つけようと、調査団の拠点に残ったようですが……その後どうなったかはわかりません」

僕の頭に、あの荒れ果てた拠点の姿が浮かぶ。

無事に島を出ることができていればと願うが、僕たちと違ってトンネルを掘る手段も周囲を取り囲む山を越える力もなかっただろう彼らが脱出できたとは思えない。

僕はその人たちのことは今は考えないことにして口を開く。

「それで村に残った人たちのほうはどうなったんですか？」

「前に言ったように我々は他種族と交わって子を成してきました」

「ということは、まさか」

「ええ。この村の住人の何人かは彼らの子孫となります。ただ、この環境は彼ら人族には過酷だったようで、皆若くして病に倒れてしまいましたが」

レッサーエルフたちは一部の病気以外はほとんど受け付けることのない体質なのでこの環境でも生きてこられた。

だけれど僕たちのような人族はそこまで強靭な体をしていない。

薬も設備もないこの村では、一度何か病にかかればそれが即命に関わることになる。

最初に調査団が受けた植物魔物による毒については時間を置くと徐々に代謝されるものだったから助かったものの、それとて解毒できないものであったならそこで命を落としていたはずだ。

「それでも彼らから我々は外界のことを色々と聞くことができました。そしてこの島がエンハンスド王国という国の一部だということもその時に聞き及んではいたのです。ですが……」

調査団の生き残りの話では、彼らの調査が終われば王国が本格的な開発を始めるかもしれないと聞いていたらしい。

だが、レッサーエルフたちはこの地から何処へも行くことはできない。

船を造って例の入り江から他の場所へ逃げることも考えたが、到底不可能だと結論づけた。

「最終的には、いつかやってくるであろう王国の使者と話し合って判断するしかないということになったのですが、それから何十年たっても誰もやって来ることはなく」

「そこに僕たちがやってきた、と」

小さく頷くと村長は話を続けた。

「ですので我々は貴方方と正式に交渉する準備はできております」

「わかりました。というか、元々僕たちはそれが目的でここにやってきたようなものです」

そのために聖獣様に間を取り持ってもらおうと考えていたとは言えない。

もちろんコリトコを無事にこの村に送り返すことが、一番の優先事項であったが。

「コリトコには悪いことをしてしまいました……我々に病に打ち勝つだけの知識があればと何度悔やんだかわかりません」

瞳を伏せる村長に僕は努めて明るい声を意識して語りかける。

「あれは僕たちにとっても未知の病気でした。テリーヌの『ギフト』がなければ僕でもどうしようもなかった」

いくら僕が大抵のものを『クラフト』できると言っても、その設計図と材料がなければ作り出すことはできない。

だから貴族家にいる間にでき得る限りのクラフトに使える知識を詰め込んだのだけれど、それでも知らないことはこの世には無数に存在する。

僕一人ではすべてを作ることも救うこともできないのだと、コリトコの病は教えてくれた。

「おおっ、そういえばコリトコなのですが」

村長が突然何かを思い出したかのように両手を打ち鳴らし、そして言った。

「あの子も例の調査団の子孫なのですよ」

「それは本当ですか？」

突然村長から知らされた事実に、僕は驚きながらそう尋ねる。

「もちろん本当の話です。コリトコの母の父親、つまり祖父にあたる者が村に残った調査団の生き残りでした」

「コリトコが僕たちの所にやって来たのって、もしかして——」

「偶然……ではなく、祖父の話を母から聞いていて、一度その場所を見てみたかったのかもしれません」

僕は元気に他の子供たちと宴を楽しんでいるコリトコたちに目を向ける。

あの時コリトコは自らの死に場所を探していたはずだ。

そして死に場所を、自らの祖父がいたというあの拠点と決めて目指し進んで来たのかもしれない。

「そこに僕たちがいたのは偶然でしたけどね」

「いやいや。コリトコと貴方たちが出会ったのは、私は偶然とは思っていません」

「そうですか？」

「ええ。きっと彼の祖父と母親の魂が貴方たちとコリトコを出会わせ、そしてこの地へ導いたに違いありません」

僕は村長の言葉に苦笑いを返すしかなかった。

なんせ僕がこの島に来たのは、ただ単にあの堅苦しくてどうしようもなかった貴族社会から……王都から逃げ出したかっただけなのだから。

そしてこの未開の島に僕を追放した継母だって、こんなことになるとは思いもしなかったろう。

たぶん今頃は弟を跡継ぎとして立派に育てるために必死になっているに違いない。

その流れにコリトコの祖父と母親の力が関与したとは思えない。

思えないが……もしかしたらコリトコの祖父にはそれを為し得る『ギフト』があったのかもしれない。

この神の力であるギフトは本人が自覚できるものと、自覚できないものがあるという。

なので、あながちそういった奇跡を起こすギフトが存在しないとは言い切れないのだ。

「導き……か。そうかもしれないいな」

僕は目を閉じて静かにコリトコの祖父、そして母親に黙祷する。

既に日がかなり沈み、空に少しずつ星の姿が現れだしていた。

拠点で見た星空に比べると薄曇りの空だが、それでも暗い森の上にははっきりと星が見える。

人は亡くなれば天に帰ると王国では語られていた。

肉体は土に還るはずだが、肉体から魂だけが天へ……。

「だとすると、あの星はその人々の魂なのかな」

「ははっ。領主様は詩人でございますな」

知らず呟いてしまった言葉を耳にして、村長が笑う。

しかしその笑いは決して嘲りを含んだものではなく、ただ優しく響いて。

「聞かなかったことにしてほしいな」

僕は柄にもないことを言ってしまったと、少し赤面しつつそう口にした。

「わかりました」

「キエダもね」

「もちろん。私はレスト様がロマンチストで恥ずかしがり屋なことは重々承知してますゆえ」

大げさに執事の礼をとりながらそう答えるキエダを睨みつつ、僕は話題を変えるために別の話を切り出した。

「村長、そういえばコリトコの母親のことですけど」

「あの子の母ですか？」

「父親が人種だったとしても、レッサーエルフとの間に生まれればレッサーエルフの特性を強く持って生まれてくるんでしたよね？」

「ですな。不思議なことに他種族と交わっても子供はレッサーエルフの特性を強く持って生まれてきます」

「だったらどうして早く命を落としたのでしょう？」

コリトコの母親について僕は誰からも詳しい話は聞いていなかった。

唯一わかっているのは、コリトコの妹であるメリメを産んで直ぐに亡くなったということだけで。

スレイダ病のような特殊なもの以外は病にかかることがないほどの強靭な体を持つ種族であるはずのコリトコの母がなぜと不思議に思ったのである。

その疑問に村長は少し口ごもった後、答えてくれた。

「それは、コリトコの母は先祖返りだったからです」

「先祖返りというと、例の純エルフの力を持ったレッサーエルフが偶に生まれるというあの？」

レッサーエルフより遥かに強い力を持つ純エルフへの先祖返りなら、むしろ逆に彼らより長生きしていてもおかしくないはずだ。

いや、もしかして先祖返りには先祖返りなりの問題もあるのかもしれない。

僕がそんなことを考えていると、村長がゆっくりと口を開く。

「先祖返りと言っても『エルフ』へ先祖返りするばかりではないのです」

「ということはまさか……」

僕は村長の言葉を聞いて気がついた。

確かに彼の言うとおりだ。

「我々レッサーエルフは何代にもわたり様々な種族の血を取り入れてきました。なので『エルフ』以外の血に目覚める者もおりまして」

コリトコの母が先祖返りした種族は『ハーフリング』だった。

ただしハーフリングと言っても純粋なハーフリングほど小柄ではなく、レッサーエルフの大人の中では頭一つほど小さいくらいの体つきだったらしい。

あくまで先祖返りは先祖の血が強く目覚めてしまうということであって、その種族自体になって生まれるというわけではないからだ。

「そもそもハーフリング自体もそれほど脆弱な種族ではありません。ですが、コリトコの母はそのハーフリングの力が中途半端に覚醒してしまったらしく」

大きな病にかかることはなかったが、他のレッサーエルフたちに比べて体が弱く、小さな病には何度もかかって寝込むことも多かったのだという。

それでも大人になるにつれ体も成長し、弱い体も徐々に落ち着いていったらしいのだが。

「あれはメリメをその体に宿し、もうすぐ出産という頃でした。彼女が病を発症したのは――」

本来ならそんな病は直ぐに治ったはずだった。

だが、彼女はメリメの出産直前だったからなのか体調をどんどん悪化させていった。

それでも最後まで彼女は闘い、そしてメリメを産んだ。

結局彼女はその時の無理がたたり数ヶ月後に命を落としたのだという。

「先祖返りは福音をもたらすこともあれば、悲しみを連れてくることもあると私の祖父が言っていたのをその時初めて実感しましたよ」

村長はそう言った後、ゆっくりと空を見上げる。

きっと彼の目には今、星になったコリトコの母の姿が浮かんでいるのだろう。

「……」

もしもその時、僕やテリーヌがこの場所にいたらコリトコの母の命を助けることができたかもしれない。

だけれどそれはもう叶うことのない昔の話だ。

僕は村長と同じように空を見上げ、そして心の中で祈った。

『これからもコリトコたちを……この村の人たちを見守ってあげてください』

と。

＊　＊　＊

宴の翌日。

僕たちはさっそく村長や村で力を持つ人々と協議を行った。

突然『この地の領主だ』とやって来た僕の話は、きっとかなりの反発を受けるだろうと思っていたのだが。

話し合いはそんな僕たちの思惑を余所に、拍子抜けするほど順調に進んでいった。

「わかりました。我々ウデラウ村の民は、これから先は貴方様の領民となりましょう。皆もそれで良いな？」

僕たちだけと話す時とは違った、威厳のある口調でそう告げた村長の言葉に、その場に集まった者たちから賛同の声が上がる。

その中にはコリトコの父であるトアリウトもいた。

「そんなに簡単に決めて良いんですか？」

僕は予想外の展開についそう問いかけてしまう。

この日のために何十と村人たちを説き伏せるための言葉を用意して、道すがら予行演習までしてきたのである。

なのにその言葉のほとんどを使うこともなく、あっさりと彼らは領民になってくれるという。

「簡単も何も、今回のことについては我々は既に話し合いを終えておりましたゆえ」

「そういえば……」

呆然とする僕に村長は口元に笑いを浮かべながら答える。

「言いませんでしたかな？　我々はこの島が既にエンハンスド王国の領地だということを助けた調査団の人々から聞いておったと」

「確かにそう聞きましたけど――」

「ですからその時に既に我々は決めていたのです。もしこの地を治める者がやってきたならばどうするかを」

中には、この地を捨てて何処か移住先を探す旅に出るという案もあった。

元々彼らの先祖はそうやってこの島に流れ着いたわけで。

「しかし我々に当時乗ってきたような船を造る技術を持った者はおらず。最終的には、いつか訪れるその人物に全て委ねるしかないということになったわけです」

「でも、それじゃあもしこの地に派遣された領主が暴君だったら――」

「我々にはもう何処にもゆく場所はありません。それに一国と戦えるだけの力もありません」

村長の言葉に、場の一同が頷く。

確かに彼の言う通りなのかもしれない。

だけれど、なんだか僕には納得がいかない。

彼らの判断は、僕にとってはとても都合が良いことだというのに。

だから僕の口は止まらなかった。

「それじゃあもし王国から派遣された者たちが君たちを純エルフに差し出すと言ったらどうするつもりでした？」

「……それは……」

「純エルフ族はレッサーエルフ族を捕まえるために世界中に手を回していると聞きました。僕も王都で純エルフを見たことがあるから、王国にも純エルフの手が回っているのは間違いないはず」

「……」

村長は僕の言葉に黙り込む。

もちろん僕は、たとえ国からの命令があろうとも彼らを差し出すつもりはないけれど。

もし王国にこの島のレッサーエルフの存在を知られたとしても、僕の力なら彼らを逃がすことも隠すことも簡単だと思っているからだ。

だから村人たちの判断は間違いではない。

けれどそれはこの地にやって来たのが僕だったからで、運命に流されるままの彼らの考えにどうしても引っかかってしまったのだ。

「その辺にしておいてあげてくれないか」

黙り込んだ村長の代わりに、そう声を上げたのはコリトコの父であるトアリウトだった。

「本当はもし君が……領主様が我々の『敵』であったなら、我々は全力で戦うつもりだった」

「トアリウト！」

「村長。彼には本当のことを話すべきだ」

本当のこととはなんなのか。

僕は次の言葉を待つことにした。

「はぁ……わかった。トアリウトの言うとおりだ」

村長はそう嘆息すると立ち上がって言った。

「それではレスト様、皆さん。私に付いてきてください」

「何処へ行くのですか？」

「付いてきてもらえばわかります……というのも無作法ですな。例のあの穴の中までご足労願いたく」

例の穴というと、彼らが漂着した秘密の入り江へ続く洞穴のことだろう。

結局まだあの穴の中に僕たちは入っていない。

「あの穴に何か？　それとも――」

「来てもらえればわかります」

村長はそう答えると集会場となっていた村長の家から出て行く。

そしてその後をトアリウトが追うように続いた。

「レスト様」

「ああ、とりあえずついて行ってみよう」

そうして僕たちは顔を見合わせ頷き合うと彼らの後を追うように出口に向かったのだった。

＊　＊　＊

「思ったより整備されてるな」

「ええ、しっかりと手が入ってますな」

今僕たちは村長とトアリウトに先導され、例の穴の中に入り込んでいた。

最初トアリウトがどこからか縄梯子を持ってきてそれで降りる予定だったが、どうせならと僕がクラフトスキルで階段を作りながら下に向かうことにした。

穴の中に入ったのは村長とトアリウト、そして僕とキエダの四人。

ありえないが、もし何かしらの罠だったときに危険だとテリーヌのことは聖獣様に任せて、家で待っていてもらうことにした。

いや、正しくは聖獣様とコリトコ兄妹にだが。

コリトコを呼んだ理由は、単純に聖獣様とテリーヌを二人っきりにさせると危険だと判断したからである。

さて、そうして穴の中の洞窟にたどり着いた僕たちだったが、予想外に整備された中の様子に驚きを隠せずにいた。

「この洞窟は我々の先祖がこの地にやって来た時に整備したらしいのです。特に上層部はかなり整備が進んでおります」

レッサーエルフは魔法が使えるゆえに、この手の作業も可能なのだという。

彼らは『初級魔法しか使えない』と卑下するが、僕から見れば十分な力を持っているように思える。

なんせ人族でもあれだけ見事に魔法を制御し使いこなせるのは魔法のギフトを持った者くらいだからだ。

一応小さな火を灯したり、コップ一杯の水を出したり程度の魔法はギフトなしでも使える人はいるが、その程度である。

たぶんだが彼らの始祖であり、今や敵となっている純エルフの魔力があまりに強大なため、彼らは自然にそれと自らの力を比べてしまっているのだろう。

「ここです」

「行き止まり？」

洞窟は途中で数カ所ほど枝分かれしていて、今僕は自分のいる場所が何処なのかわかっていない。

もちろん枝道に入る時に壁の一部を密かに『クラフト』で変化させて目印を付けてきているために、元の場所へ戻ることは容易だが。

しかし僕はてっきり例の秘密の入り江に案内されるのだと思っていたが、まさか行き止まりとは。

少し警戒心を見せた僕に気がついたのか、村長が口を開く。

「行き止まりに見せかけた隠し部屋といったものです」

「隠し部屋ですか。ただの岩壁にしか見えないここが？」

「まぁ見ていてください。トアリウト、頼む」

村長の言葉に小さく頷き返すと、トアリウトは正面の壁面に片手を当てた。

すると彼の手を中心として突然ぽっかりと壁に人二人分ほどが並んで通れるくらいの四角い穴が開いた。

「おおっ」

「土魔法ですかな」

「ああ、その通りだ」

トアリウトはキエダの言葉を肯定して「この先だ」と穴の先を指さす。

どうやら先にはまだ通路が続いているようだが、奥は真っ暗で何も見えない。

「ではまいりましょう」

「はい」

先に村長が魔法の光と共に進む。

おかげで真っ暗だった通路の少し先に鉄扉があるのが見えた。

「こういうのワクワクするな。帰ったらうちの拠点にもこういう隠し部屋作ろうか」

「ほどほどにお願いしますぞレスト様。どうせ作ったは良いけれど直ぐに飽きて忘れるでしょうから、そんな隠し部屋を大量に作られては我々家臣団としても管理しきれませんぞ」

キエダのそんな呆れの入った言葉に、僕は「わかってるよ」とだけ答えた。

そんな話をしている間にも、村長とトアリウトは正面まで来た鉄扉に付けられた鍵を外して扉を開く。

一体この扉の向こうに何があるのか。

僕は唾を一度飲み込むと彼らの後に続いて部屋の中に入っていった。

「これは……」

「ほほう」

扉の向こうに作られた部屋は、僕が思っていた以上に広かった。

たぶん、穴の上に僕が建てた家の倍ほどはあるに違いない。

高さも大人三人分はあろうかというほど高く、そしてその天井近くまで――

「もしかしてここは武器庫なのか？」

かなりの数の武器や防具が山積みされていたのである。

しかも剣や盾だけでなく、弓や魔法の力を高めるための杖の他にも見ただけではどう使うのかわからないようなものまで多種多様に積まれていた。

「武器庫というより戦のための倉庫と言ったところでしょう。あちらには食料らしきものも、衣服や寝具のようなものも揃っておりますぞ」

「本当だ……凄いなこれは」

僕は部屋の中を見回しながら感嘆の声を上げる。

だが、感心してばかりはいられない。

今まで僕はレッサーエルフたちは純エルフに追われ、全てを諦めた種族だと思っていた。

だけれどその考えは間違っていたと言わざるを得ない。

「もしかして貴方たちは、本当は王国と戦うつもりだったのか?」

無言のまま倉庫の中を確認する僕たちを見ていた二人に振り返り、僕はそう尋ねる。

目の前の物品の山は、明らかに戦うために用意されたものだ。

しかし聖獣様のおかげと彼ら自身の魔法によって、この村の周りはほとんど危険というものはない。

つまり、この武器防具を使って戦う相手は本来ならいないはずである。

だが現実にここにはそれがある。

だとすれば、この武器防具を使ってまで戦わなければならない相手というのは一つしかないだろう。

「ええ、そのつもりでした」

「もちろん王国との話し合いがこじれた時の備えでしかないし、できるとしても籠城戦が精一杯であろうことは理解している」

もし王国が彼らを領民と認めず、純エルフへその身を差し出すと言い出せば、彼らはこの洞窟に逃げ込み徹底抗戦をするつもりだったというのだろうか。

だけれどそんなことは長くは続かないはずだ。

いくら備蓄はあると言っても限界はやがて訪れる。

それまでに王国が損害を無視できなくなり引き下がるなり譲歩するなりすればいいが、それはあくまで希望的観測に過ぎない。

それに王国が引いても、その後には純エルフがやってくることは間違いないだろう。

「いつまで」

「はい？」

「いつまで戦えると思っていましたか？」

僕は素直に彼らにそう問いかける。

「二十日ほど……ですかね」

「長くて三十日が限界だと思っている」

「それを過ぎたら降伏すると？」

僕の言葉に彼らは首を振る。

「限界を迎える前に我々は入り江が開くタイミングに合わせて夜陰に紛れ逃げ出す算段だった」

トアリウトはそう答えたが、僕には無理なこととしか思えない。

「でも船はないって――」

「ええ、船はありません。我々が準備できたものは筏が数隻です」

「筏で脱出なんて無茶だ」

「それでも、他に選択肢はないと思っていましたから」

僕は彼らのその返答に盛大に溜め息をつく。

そうだった。

彼らはずっとこの島の中で生まれ育ってきたから、この島の外を知らないのだ。

大海へ目印も航海技術もないまま筏で漕ぎ出すということがどういうことかを。

準備を万端に、貴族家が所有していた最新鋭に近い船でやって来た僕でさえこの島にたどり着くまでに何度も命の危険を感じた。

もちろん沈むことはなかったが、それは強烈な体験だった。

王都に住んでいた頃は、内海の周遊程度しか経験のなかった僕は、このまま海の藻屑になるのではないかと心配したほどである。

たぶん彼らの言う『筏』では、数日も持たないに違いない。

「本当に僕がこの島の領主に任命されて良かったと思ったよ」

「それは我々も同じ気持ちです」

「いや、たぶん僕が今感じてる思いとは違うんじゃないかな……」

僕は苦笑いを浮かべながらそう答えたのだった。

＊　＊　＊

洞窟の中でレッサーエルフの『本気』を見せてもらった僕たちは、その後元の家まで戻った。

そこでテリーヌに簡単に中であったことを話した後、もう一度村の集会場になっている村長の家へ向かった。

道すがら聖獣様は『どのような者が襲ってこようとも、我の角で突き刺してやるというのに』などと物騒なことを言っていたが無視をする。

実際聖獣様の力はどれほどのものかはわからないが、この村の周辺から危険生物を追い払うことができているのは事実だ。

なのでレッサーエルフたちが心配していたような領主がやってきたとしても、彼の力でしばらくは持ちこたえることはできたろう。

かといってたったの一頭では限界もある。

もし本気で王国がこの島のレッサーエルフたちを排除し捕らえようとしたならば、聖獣様は倒されてしまうだろう。

それに王国軍よりももっとやっかいなのが純エルフだ。

純エルフ族の魔法は、王国軍ですら手出しをできないほど強力だろう。

そんな奴らが攻め込んできたら、とてもではないが撃退できるとは思えない。

「まぁ、それでも今の僕ならなんとかできそうだけどね」

僕はそうつぶやきながら手のひらの上に一つの銀色に輝くインゴットをクラフトする。

それは先ほどの隠し部屋で見つけたレア金属だった。

その金属の名前は――

「レスト様。それは一体なんなのです？　銀の固まりでしょうか？」

ニヤニヤとインゴットを僕が眺めているのを不思議に思ったテリーヌがそう問いかける。

僕は手にしたインゴットを彼女に「持ってみるかい？」と投げ渡す。

「きゃっ」

突然、小さめとはいえ金属の塊を放り投げられて、慌ててテリーヌは両手でそれを受け取る。

だが受け取った彼女の顔は最初こそ慌てていたものの、直ぐに驚きへ変わった。

「えっ……軽い……」

「だろ」

「銀じゃないのですか？」

僕は彼女の顔を見返しながらその鉱物の名前を口にしようとする。

「それはね――」

『ほほう。それはミスリルではないか』

だが自慢げに僕がテリーヌに正解を告げようとした瞬間、横から聖獣様が馬首を伸ばしてテリーヌの手の中の金属を見てそう言った。

「これがミスリルですか。噂には聞いていましたが、こんなに軽いものなのですね」

興味深げにミスリルのインゴットを両手で持ちながら眺めているテリーヌに、僕は一つ咳払いをしてから話しかける。

「ああ、それが本物のミスリルだよ。王都だと時々魔道具や魔法装備に加工されたものしか出回らないけどね。インゴット素材の状態では産地の人たちや鍛冶師でもないかぎり見ることはないと思う」

「そんなものをどうしてレスト様が？」

「さっき穴の中にあった部屋の話をしたろ。あそこで見つけたんだ」

あの後僕らは村長とトアリウトに部屋の中の品々について説明を受けた。

そしてその中に、部屋を作る時に土魔法では取り除けなかったために手作業で掘り出したまま部屋の隅に放置されていた鉱石の山があったのである。

彼らもその鉱石がミスリルであるということは知っていたらしいが、ミスリルは魔力を吸い取るという不思議な特性を持つ。

なので通常の魔法では破壊することも加工することもできない厄介な金属なのだ。

「この村に腕の良い鍛冶師でもいたなら良かったんだけどね」

「ミスリルの加工はかなり大変だと聞いたことがあります」

「一流の鍛冶師でなければミスリルは扱えませんからな。人族でそこまでの技術を持つ者はほとんど知りませんぞ」

「人族でも鍛冶のギフト持ちなら可能だけどね。後はドワーフ族か。でも彼らは滅多に人里にはやってこないからな」

ミスリルは魔力を吸収する性質を持っている。

だが逆にそれを利用してミスリルの中に魔法を閉じ込め、その効果を魔力が失われるまで永続的に発動させることもできてしまう。

それが魔法装備や魔道具というものである。

ただし、そこまでの加工が可能になるにはかなりの熟練が必要で、そのせいもあってミスリル製の装備や道具はかなり高額で取り引きされていた。

「加工の仕方自体は簡単なんだよ。でもその加工のために温度管理とか、魔力を流すタイミングとかが難しくて――」

そう言いながらテリーヌの手からミスリルのインゴットを取り上げる。

そしてそのインゴットに向けて僕はギフトを発動させた。

「えっ！」

『ほほう』

テリーヌと聖獣様が、僕の手の上を見てそれぞれ驚きと感嘆の声を上げる。

「まさかミスリルナイフですか？」

一般的にはかなり加工が困難と言われているミスリル。

だけれど、僕のクラフトスキルは素材と作り方さえ用意し、知っていればその煩雑で難しい工程を全て無視できるのだ。

つまり熟練の技がなければできない加工も、僕にかかれば一瞬でできてしまうわけで。

「ちょっと待ってね」

僕はクラフトスキルでミスリルナイフ用のケースを皮で作るとその中にナイフを収納する。

そして、それをテリーヌに差し出した。

「これはテリーヌに上げるよ」

「よ、良いのですか？　こんな高級品を」

確かにミスリルのナイフは王都で買えば四人家族が一年暮らせるほどの金額になる。

テリーヌが困惑するのも無理はない。

だけれど。

「この島にはミスリルの大鉱脈があるみたいなんだよ。それに僕は素材さえあればこんなものならどれだけでも作れるしね」

「ですが」

「護身用のお守りだと思って持っててよ」

そう言って無理矢理彼女の手にミスリルナイフを押しつけると、僕は集会所に向けて再び歩き出す。

魔力を吸収する素材『ミスリル』。

後はこの島にどれだけミスリルが埋蔵されているかだ。

とりあえずあの部屋に積まれていた分と、周りに埋まっていたミスリルは既に素材化してある。

これだけでも王都で売ればとんでもない金額で売れるだろうが、純エルフを相手取るにはまだまだ足りない。

「って、どうして戦うこと前提で考えてるんだろう。そもそも僕はこの島にゆっくりと暮らすためにやって来たはずなんだけどなぁ……」

どうして世界でも屈指の力を持つ純エルフ族と戦うことを考えなければいけなくなったのか。貴族の世界のあれやこれやから逃げ出すために、自らの力を隠して道化を演じてまでようやくたどり着いた地だというのに。

結局僕は貴族のしがらみから逃げたつもりだったのに、貴族として領民を守ることを真っ先に考えてしまっている。

それは長年の貴族家で受けた教育のせいなのか、それとも……。

そんな答えの出ない問いを僕は集会所にたどり着くまで何度も心の中で繰り返したのだった。

【 第二章 】
秘密の入り江の漂流者を救おう！

集会所に戻った僕たちは、さっそくエルドバ領主として新しく領民になることになった村人たちとウデラウ村の扱いについて話し合いを始めた。

基本的に彼らには王国の法を守ってもらうことになる。

といってもいきなりそれを押しつけたとして、彼らが直ぐに順応できるわけがない。

なんせ百年ほどの間、彼らは外界との接触をほとんどして来なかった人たちである。

なので村の代表には定期的に将来領都にする予定の拠点まで来てもらって、そこで僕や臣下たちから基礎教育を受けてもらうことにした。

それに合わせて拠点とこの村の間で簡易的な交易を始める予定だ。

といっても今はまだこの地に流通貨幣はない。

基本は物々交換である。

しかしそれではこの先、この領地に人が増えて必要な物資を手に入れるために外部との交易をしていくことを考えると困る。

そのことについても村の若者から何人か希望者を募り、彼ら彼女らを教育することで必要な人材を育てる予定だ。

実はある程度クラフトスキルでの開拓を終えた後は、王国からも人材を引き抜いてくるつもりだったのだが、純エルフ対策の準備ができていないうちにレッサーエルフの存在を外に知られるわけには行かない。

幸いこの島には大量の赤崖石《せきがいせき》やミスリルが存在している。

しかもかなりの高純度のもので、売れば少量でもかなりの金額になるものだ。

領都の建築や、島で手に入らなさそうな品々を買いそろえるための当座の資金はそれで賄うつもりである。

といっても滅多に市場に出回らないものを大量に流通させて、変に目を付けられても困る。

そのあたりのバランスは慎重に見ていかなければいけない。

兎にも角にも今はウデラウ村の人々の知識を、王国の人々と同じ程度まで引き上げることが先決だと僕たちは考えていた。

そしてその中から、将来のこの領地を背負う人材が生まれればと。

「それでは一旦休憩してお昼にしましょうか」

「賛成」

「異議なし」

午前中一杯を使った話し合いは、僕からの提案を彼らが聞いて、わからないところを質問し、それに対して僕が答えるという形で進んだ。

所々、風習の違いなどで行き違ったり衝突しかけた部分もあったが、大まかには双方が納得できる形で決着は付いたと思う。

それもこれも調査団の生き残りたちが先んじてウデラウ村に王国のことやこの島の現在置かれている状況などを伝え残してくれていたことが大きい。

おかげで時間をかけてレッサーエルフたちは様々な準備ができていたわけである。

なんの前知識もない、いきなりの訪問ではこうはいかなかった。

まさか戦の準備までしてあるとは思わなかったけれど。

「ふぅ……」

「お疲れ様ですレスト様」

自分が思っていたより気を張っていたのか、休憩を村長が宣言したとたんに僕は大きく息を吐いていた。

額にうっすらと汗でも浮いていたのだろうか。

テリーヌがいたわりの言葉を口にしながら僕の額をハンカチで優しく拭いてくれる。

「いや、それでも拠点を出る前に想定していたよりは余程スムーズに話は進んでいるよ」

「レスト様、休憩の間に私は先ほどまでに決まった内容を清書しておきますぞ」

キエダが話し合いの間に、話し合いの内容をメモ代わりに書き記していた紙の束をそろえながら言う。

僕は小さく頷くと「おねがいするよ」と答えてから大きく背伸びをする。

縮こまっていた筋肉を伸ばすと、いっきに頭が落ち着いてくる気がした。

「それではお昼の準備ができましたら呼びに来ますので、レスト様はそのままここでお休みになってください」

「手伝わなくて良いのかい？」

「はい。村の皆様と一緒に作ってますので大丈夫です」

テリーヌは健康診断の時に、村人の隠れた病だけでなく、細かな体の不調も治せるものは全て治した。

もちろんそのための薬などをクラフトスキルで作ったのは僕だったが、直接『患者』に薬を与えたり治療行為をしたのはテリーヌだ。

僕たちが色々やっている間、村の子供たちと一緒に遊んであげていたのも彼女だ。

なのでテリーヌは村の老若男女全ての人々の人気者になっていた。

正直テリーヌだけに料理をさせるとどんなものを作るかわかったものではないので、いつもはキエダやアグニが手伝いという名の『監視』を行っているのだが、今キエダは書類の制作中で手が離せない。

僕は集会所を出て行くテリーヌの後ろ姿を見ながら一抹の不安を覚えずにはいられない。

「安心してよいですぞレスト様」

そんな僕の心配そうな気配を感じたのか、キエダがまとめている最中の書類束から目も離さず声を出す。

「既に村の女性陣にはテリーヌの料理の腕前については伝えてありますからな」

「いつの間に」

「こんなこともあろうかと、というやつですな」

キエダは相変わらず書類から目を上げずにそう答えた。

キエダが大丈夫と言うなら大丈夫なんだろう。

「それじゃあ僕は少し休ませてもらうけど、キエダも切りが良いところで休みなよ」

「そんなに時間はかかりませんので」

僕はそんな彼の背中を見ながらゆっくりと背もたれに深くもたれかかる。

まだ話し合いは始まったばかりだ。

昼食後にもまだまだ会議は続く。

今はなるべく頭を休めないといけない。

そう考えながら僕はゆっくりと目を閉じようとし――

『た、たいへんだああーっ』

突然外から聞こえた悲鳴のような大声に慌てて飛び起きた。

「なんだ今の声は」

「私が見て参りますので、レスト様はここにいてください」

キエダが思わず立ち上がろうとした僕を手で制する。

そしてそのまま開けっ放しだった集会所の入口に移動すると、外の様子を窺った。

「どうやらレスト様が造り直した例の家のほうで何かあったようですな」

そんな話をしている間にも外から聞こえてくる村人たちの騒ぎ声がどんどん大きくなっていく。

騒ぎの元があの家だとすると、原因は例の穴だろうか。

「とにかく行ってみよう。村の住民に――僕の領民に何かあってからでは遅い」

「わかりましたぞ。それでは私が前を行きますので、レスト様は後ろを付いてきてください」

キエダはそう言うと足早に集会所の外に出て行く。

それを慌てて僕は追う。

外に出ると騒ぎの声が聞こえ、確かにそれはあの家の方向からだ。

何人ものざわざわした声と気配は伝わってくるが、この場所からではまだ何を言っているのか定かではない。

だけれど最初に聞こえた悲鳴のようなものと違って、それは少し落ち着いたような雰囲気に感じる。

「それほど急なことでもなさそうですな」

「ああ。危険もなさそうだけど、とりあえず行ってみよう」

僕はキエダの返事を待たずに走り出す。

丘の上の集会所から、なだらかにカーブした道を駆け下りていく途中で僕の目に家の前に集まる村人たちの姿が見えてくる。

さらに近寄っていくと、一人の女性が家の前で何かをしているのがわかった。

「テリーヌか？」

「ふむ、どうやら何者かを看病しているようですな」

レッサーエルフたちが遠巻きに見ている中、テリーヌがその家の前にかがみ込んで誰かの体に手を当てている。

その彼女が『診察』しているのは――

「あれは獣人のようですな」

テリーヌの前にうつ伏せで倒れ込んでいるのは、遠目からでもわかるほど毛深い獣人族らしい姿だった。

王都にも獣人族はそれなりの数は暮らしていたし、彼らの営業する店にも何度か行ったことがある。

しかしこの島に獣人族がいるという話は誰からも聞いたことがない。

もちろん調査団の中にもいなかったはずだし、報告書にも書かれてはいない。

「レッサーエルフの他にも島には先住民がいたってことなのか？」

「さぁ、どうでしょう。ただ村の人たちも獣人を見るのは初めてのようですぞ」

キエダの言うとおり村人の反応を見る限り、彼らにとって獣人は見慣れたものではないことがわかる。

今もテリーヌ以外の村人たちは遠巻きに彼女と獣人を見ているだけで近寄ろうともしていない。

そしてその顔には戸惑いとともに恐怖の色が浮かんでいる。

一部の若者は武器を握りしめてさえいた。

「キエダは村の人たちを落ち着かせてくれ。僕はテリーヌの所に行く」

「お任せください」

僕はキエダに村人たちのことを任せ、テリーヌに駆け寄った。

そして彼女の手の先に倒れている獣人に目を向ける。

倒れている獣人は獣度が高いようで、顔だけ見ると人というより完全に獣……ネコ科の動物のようだった。

獣度というのは、いかに獣の血を色濃く継いでいるのかという簡単な目安だ。

獣人族の中でも獣度が低いものは獣としての特徴をほとんど残しておらず、人にかなり近い見た目をしている。

だが、今倒れているこの獣人はかなり獣に近い見た目をしている。

「テリーヌ。これは一体どういうことだい？」

「レスト様。いらしてたのですね」

僕はテリーヌがスキルを使って『診察』を終えるのを待って声をかける。

見る限りこの獣人は気を完全に失っているようで、突然暴れ出すこともないだろう。

もし暴れ出すような気配があれば、僕は直ぐにでも檻や拘束具をクラフトする準備はしている。

「実は、この方が突然この家から飛び出してきたらしいのです」

「この家の中から？」

「はい。そしてそのまま倒れたと聞きました」

テリーヌは集会所を出た後、食材などを取りに家に向かったらしい。

そこで先ほど僕が聞いたのと同じ村人の叫び声を聞いて、急いで道を駆け下りて家の前で倒れている獣人を見つけたのだそうだ。

「それでこの獣人は大丈夫なのか？」

「はい。私のスキルで確認しましたが、特に大きな怪我や病気ではないようです」

「それじゃあどうして倒れ――」

テリーヌが僕の問いかけに答えようと口を開きかけたその時。

ぐきゅるるるぅぅ。

そんな音が倒れている獣人から聞こえてきたのである。

「この音はまさか」

「はい、この人のお腹の音だと思います。診察の結果、極度の疲労と空腹で彼は倒れたらしいので」

うつ伏せになっているのと、獣度の高い姿から判別し難かったが、どうやらこの獣人は男らしい。

そして倒れた原因は『空腹』と。

「行き倒れってわけか」

「そういうことになりますね。でも空腹以外にもかなり衰弱が進んでるので食べ物をそのまま与えると体に負担がかかりますから、ゆっくり体に吸収されて胃腸に優しい物を用意してきますね」

「それじゃあ僕は誰かに手伝ってもらってこの人を家の中に寝かせておくよ」

「はい、お願いします。それでは」

テリーヌは立ち上がると僕に小さく頭を下げてから、遠巻きに見ていた村人たちの中にいたおばさん集団のもとへ駆けていく。

多分彼女たちがテリーヌと一緒に料理を担当する予定だった人たちなのだろう。

「さてと。キエダとトアリウトさんに手伝ってもらうか」

僕は取り巻きの中から二人の姿を探し出し手招きして呼び寄せると、先ほどテリーヌから聞いた話を二人に告げた。

そしてトアリウトに村人への説明を任せてからキエダと二人で倒れている獣人を家の中に運び込んだのだった。

＊　＊　＊

「それで容体はどうなんだ？」

トアリウトがクラフトによって作り出した石造りの檻の中で眠る獣人の男を横目で見て、テリーヌの入れた紅茶を飲みつつ尋ねてくる。

「どうって言っても、お腹を空かして疲れて眠ってるだけらしいけど。そうだよね？　テリーヌ」

「ええ、なので先ほど無理矢理スープだけ飲ませましたが」

テリーヌの言うとおり、檻の横にはスープが入った鍋と、開かせた口の間から無理矢理流し込むための漏斗タイプのコップが置かれている。

特殊な形状のそのコップは、僕があの獣人のためにクラフトしたものである。

ちなみに飲ませる際は檻を消して、代わりに急に目覚めても暴れられないように石で枷を作って身動きできないように拘束した。

なんだかテリーヌが獣人を拷問しているようにも見えるその絵面は、我ながら失敗だったと思う。

しかもちょうどその姿を心配して様子を見に来たコリトコ兄妹に見られてしまうという大失態まで犯してしまった。

子供たちが変な性癖に目覚めたらどうしよう。

「スープか。飢餓寸前の胃腸にはあまり栄養素の高いものや固形物は危険だからな」

「ええ。私のスキルで確認しながら、なるべく彼の今の体に効果の高いものを選びました」

倒れた時よりも獣人族の男の様子は、かなり落ち着いているようだ。

といっても毛に覆われた彼の顔は血色もわかりにくいため、テリーヌの能力に頼らないと正確にはよくわからない。

「僕は獣人族のことはあまり知らないけれど、彼は猫系の獣人……で良いのかな？」

「私もこの島生まれのこの島育ちだから獣人族というものは知らないからなんとも言えん」

「そうだった。僕も王都にいた頃何度か見かけた程度で。獣人族の中で彼はかなり獣度が高いということだけしかわからないよ」

「獣度とはなんだ？」

不思議そうに問い返すトアリウトさんに僕は聞きかじりの知識で答える。

「獣人族って僕たち人族やリザード族、エルフ族、ハーフリング族などと違って個体差が激しいらしいんだよ」

「個体差というのはどういった？」

「例えばそこで眠っている彼だけど、見える範囲全身が毛で覆われていて顔もずいぶん猫に近いよね」

「猫か、あまり近くでは見たことがないが」

「この辺りだとマウンテンタイガーというのが山のほうにいるらしいけど、知ってる？」

王国の調査団による報告書に書いてあった大雑把な魔獣・動物生息図を思い浮かべながら言うと、トアリウトさんは「ああ、知っている。かなり凶暴なうえにすばしっこくて、聖獣様がこの辺りの守護をされる前は村の近くまで狩りにやってきて被害も出ていたらしい」と答えた。

元々は山以外にも出没していたのが、ユリコーンのおかげで近寄らなくなったということか。

たぶんあの聖獣様のことだ、この辺りに現れる魔獣を見つけては良い話し相手だと延々とまとわりついていたに違いない。

魔獣は魔獣同士会話のようなことが成り立つと聖獣様から教えてもらったが、それはトアリウトさんやコリトコが持つ力と似たようなものなのだろう。

「そう、そのマウンテンタイガーというのは猫が魔物化して繁殖した魔獣なんだよ」

「たしかにそこの獣人の顔と似ているな」

「それで話を戻すけど、獣人族もそういった動物が変異して進化した種族だと言われているんだ」

「つまり獣が魔物に進化したものが魔獣で、人に進化したものが獣人族と考えられているということか」

「そういうこと」

初期の頃、獣族はまさに二足歩行する獣という容貌だったという。

だが、徐々に他の種族のように知性が発達し、いつしか他種族と関わり合いを持つようになった。

その中で交わりを深めていく過程で他の種族の血と混じり合い様々な姿を得る。

「獣人族は獣人と一括りにされるけど、実際は他の種族と違ってかなり幅広い姿形をしていると聞いてる」

先祖返りで一見すると大きな獣にしか見えない者、僅かばかりに耳や尻尾に獣らしさを残しただけの者。

様々な姿形の中で、獣としての部分が多い者を獣度が高い獣人と呼び、その逆に獣らしい部分が少ない者を獣度が低い獣人と呼ぶのである。

そして獣度が高いほど、遺伝した先祖の獣と近い力を出すことができる。

なので獣人族社会では獣度が高いほうが好まれる傾向にあるが、あくまで傾向といった程度でしかない。

獣人族という種族はあまり細かいことは気にしない者が多いのだとか。

「ふむ。つまりそこの彼は見かけ通り獣の力が使えるということか」

「他にも鳥のように飛べる獣人もいれば、地中に潜る獣人もいるらしいよ」

「空を飛んで地中に潜る……だと」

「他にも水の中で暮らしてる獣人もいて、魚人とよく喧嘩してたけど王都でも港で船の運航を助ける仕事をしたりしてるのを偶に見かけたな」

「魚人と獣人は別種族なのか？」

「らしいね。魚人族は基本的に卵で子供を産んで育てるけど、獣人族は母親の胎内で僕たちと同じように育ってから生まれてくるらしいし」

「調査団の人々から色々聞いた話が言い伝えられているが、やはり外の世界は凄い所だな。いつか私も外の世界に――」

その時、僕の話をまるで子供のような目をして聞いていたトアリウトさんが突然口を閉じ、真剣な目を鋭く細めた。

同時に僕も彼の目が指し示すほうへ顔を向ける。

「目覚めたようですね」

そして僕たちの話を近くで聞いていたテリーヌが、嬉しそうな声を上げた。

「ぐうっ……ここは何処だ……俺は……」

三人の視線の先。

その獣人は頭を振りながらゆっくりと上体を起こすと、まだ焦点の合わない視線を彷徨わせながらそう呟いた。

目覚めた獣人は、最初自らを囲う檻の存在に驚き暴れた。

檻があるとは言え、万が一のことも考えテリーヌに集会所に戻ったキエダを呼んできてもらうことにして僕とトアリウトさんはそのまま獣人が落ち着くのを待つことにした。

元々かなり衰弱していたのに無理をして暴れたために、それほど待つこともなく獣人はまた元のように倒れてしまった。

なので慌ててやって来たキエダの出番は結局なくて済んだ。

そして幸いなことに今回彼は意識を失ってはいなかったようで。

身動きできないままへたり込んだ彼に、僕らはできるだけ丁寧にこれまでのことを話して聞かせた。

「俺の名前はヴァン。ヴァン・イオルフだ」

一通り話を聞き終わった後、獣人の男はそう名乗った。

姓があるということはどこかの貴族なのだろうか。

いや、国によっては貴族平民関係なく姓がある国も存在するとも聞くから簡単には判断できないが。

しかしイオルフか……どこかで聞いたことがあるような気がするが思い出せない。

「ヴァンって言うのか。よろしく」

「……あまり気安く俺の名前を呼ぶんじゃない。いくらお前がこの地の領主だとしてもただの男爵だろう?」

へたり込んだ情けない格好のままだというのに、ヴァンは少し偉そうな口をきく。

これはもしかすると獣人族の中でも相当地位の高い人物なのだろうか。

後々のこともあるし、一応確認はしておくべきだろう。

僕は口調を貴族らしいものに変えて問いかける。

「もしかして貴方様はどこかの国の貴族様ですか?」

「貴族だと？　馬鹿を言うな」

質問に偉そうな口調で答えると、彼は力の入らない体を無理矢理動かして上体を起こし、そのまま胸を張って僕の予想を超えた言葉を放った。

「俺の名はヴァン・イオルフ。獣人族を治める偉大なる皇帝ライゴルド・イオルフの子だ!!」

ライゴルド・イオルフ。

そうか、先ほど聞いたことがある姓だと思ったけれど、王国とは別の大陸にある獣人が治める国『ガウラウ帝国』の皇家がイオルフだった。

たしかこの島から東北東にその大陸はあったはず。

そして王国とは中央大海を挟んで距離も遠く、国交はあるものの大きく関わり合いになったことはない国だ。

しかしそんな帝国の皇太子がどうしてこの島へやって来たのだろうか。

僕はそんな疑問をそのまま口にする。

「ガウラウ帝国の皇太子様でしたか、これは失礼しました。ですがそのようなお方がどうしてこの島に？」

しかも行き倒れのような状態で？

そう続けようとしたが、皇太子相手に失礼かもと口を閉じ彼の返事を待った。

「話せば長くなるけどな」

ヴァンが続きを口にしかけた瞬間。

ぐーきゅるるるる。

彼の腹から大きな音が鳴り響いた。

「その前に何か喰わせてくれ」

先ほどの威勢はどこへやら。

ヴァンは無理矢理起こした上体をもう一度床に沈めると、力ない声で懇願してきた。

栄養失調寸前で、スープを少しだけ飲んだだけなのだから仕方がない。

「テリーヌ」

「はい、温め直しておきました」

僕たちがヴァンと話をしている間、どうやらテリーヌはこの流れを予測して、ヴァンのために作ったスープを温め直していたらしい。

「それでは私が運びましょう」

僕の横でヴァンに対して警戒をしてくれていたキエダが立ち上がると、テリーヌのもとに歩いていく。

彼もヴァンは既に危険ではないと判断したようだ。

なので僕も彼を解放することにする。

「ヴァン皇太子、今から食事を用意しますので少しお待ちください」

「ああ。頼むぞ」

小さな声で答えるヴァンを見ながら、僕は石檻に手を当てながら『素材化』を発動させる。

発動と同時に目の前でヴァンを取り囲んでいた檻が一瞬で消え去って、素材に戻った石が、素材収納へ戻ったことを確認する。

そんな不可思議なことが起こったにもかかわらず、床に倒れ込んだままのヴァンは気がつかなかったのか何も言わずに大きく腹を鳴らしていた。

クラフトスキルのことをいちいち説明するのも面倒なので、それはそれでありがたい。

「大丈夫だと思いますが、ここは私が」

テリーヌから鍋とスープカップを預かってきたキエダは、戻ってくるとそう言った。

彼は鍋を床に置くと、スープカップにテリーヌ特製の滋養スープを注ぎ入れ、それを持ってヴァンの枕元へ移動する。

「ヴァン様、このスープをなるべくゆっくりお飲みください」

「随分質素なスープだな……具も入っておらぬのか？」

残る力で上体を起こしたヴァンが、差し出されたスープカップを受け取り、その中を見て文句を言う。

たしかに一見何も具は入っていないように見えるが、それはテリーヌが飢餓状態だった彼の胃腸を心配して全ての食材をすりつぶして混ぜ込んだからだ。

むしろ質素どころか、料理の手間暇だけで言えば普通の野菜スープよりも数倍かかっている。

僕は思わずそのことを口にしかけたのだが――

「しかしなんという美味しそうな香りだ。こんな美味そうな香りのするスープは初めてだ」

ヴァンの口からそんな言葉が紡ぎ出され、そして彼はスープに慌てたように口を付ける。

「あっつううううううううううううういっ!!　でも美味ああああい!!」

同時に叫び声。

「えっ。そんなに熱くはないはずですよ」

様子を見ていたテリーヌが慌ててやってくると、持って来た匙でスープを掬い舐める。

「少し熱い程度でそこまででは」

「ふむ、確かにそうですな。これくらいなら一気に飲んでも問題ないと思いますが」

テリーヌに続いてキエダも確認するようにどこからか出した匙で掬って舐める。

普段なら人の目の前でそんな無作法なことはしない彼らだが、今は緊急事態でもあるし、僕も気にせずキエダから匙を受け取って飲んでみた。

「全然熱くないな。むしろちょうど良いくらいだけど」

僕たちがスープの温度を確認している間にも、ヴァンは一人ベッドの上でスープカップを口にしては「熱い!! でも美味い!!」という叫びを繰り返している。

「もしかしてなのですが、ヴァン様は猫舌なのではありませんか?」

「あっ、なるほど彼は猫型の獣人だし、しかも獣度もかなり高いということは猫の特性を強く持っているから」

「ごめんなさい。そこまでは気が回りませんでした」

「いや、テリーヌが謝ることじゃないよ」

僕の獣人族に関する知識の少なさが招いたことだし、何より当のヴァン本人は騒ぎながらも美味いと少しずつではあるが飲み続けている。

テリーヌ自身には落ち度はないと思う。

「いいえ、私の責任です」

しかしテリーヌは納得いかないのか、そう言うとヴァンのもとへ歩み寄っていきスープカップを今まさに傾けようとした彼の手を自らの両手で包み込むようにして止めた。

「な、なんだお前は」

突然のことに驚いた顔をするヴァンに、テリーヌは少し愁いを帯びた表情を浮かべ「気が付かず済みませんでした」と謝ると、彼の手からスープカップを手放させる。

そしてそのスープカップを自らの口に近づけると、

「ふーっ」

優しく息を吹きかけた。

「お、お前。一体何をするっ!」

「ヴァン様には少し熱いようでしたので、冷まさせていただきますね」

二度、三度。

スープの温度を下げるためにテリーヌはその唇から優しく息を吹き付ける。

「テリーヌ、他に冷ます方法はいくらでもあるんじゃないか?」

流石にヴァンもそんな子供扱いは怒るのではないかと僕は慌ててテリーヌを止めかけたのだが。

「これくらいでいかがでしょう?」

何度か息を吹きかけ冷ましたスープカップをテリーヌが差し出すと、ヴァンは何やら狼狽えたように文句も言わずそれを受け取った。

もしかしてヴァンは女性への耐性が低いのではなかろうか。

上級貴族の跡取りでしかなかった僕ですら、学園や社交界の場で近寄ってくる女性たちを相手にしてきたのでそれなりに耐性はついている。

なのに彼は皇族。

しかも皇太子と言えば次期皇帝候補だ。

僕なんかよりも余程たくさんのそういった『刺客』を相手にしてきたはずなのに、テリーヌから受け取ったスープカップへ、なんだかソワソワしながら口をゆっくり近づける彼の姿はまるで初心な少年のようだ。

「いかがですか？」

そんな彼の様子を知ってか知らずか、テリーヌは優しく微笑を浮かべて、スープを一口ほど口に含んだ彼に問いかける。

「あ、あああっ。丁度いいと思うぞ」

「そうですか。それでは鍋の中のスープも少し冷ましてきますね」

「えっ。ああ、お願いしよう」

テリーヌがベッドのサイドテーブルに置かれた鍋を手に、キッチンへ向かう。

その後ろ姿をぼーっとした表情で見送るヴァンを見て、僕の『ヴァンは女性慣れしていない』疑問が確信に変わったのだった。

ヴァンがテリーヌの作ったスープを全て飲み終えるまで時間はかからなかった。

最初こそどうやら女性慣れしていないらしい彼は、近くでお替わりを注ぐために控えているテリーヌを意識しすぎて、ギクシャクとしながらスープを飲んでいた。

だが、だんだんそれにも慣れてきたのか胃腸が働き始めたのか、鍋の半分ほど飲み終えたあたりからお替わりをもらった途端に一口でスープを飲み込むようになり、あっという間に鍋を空っぽにしてしまったのである。

極度の飢餓状態の後、いくら胃腸に優しくテリーヌが気を使って作ったものであっても、流石にあれだけの量を一気に摂取するのは危険ではないかと心配したが、どうやら大丈夫だったらしい。

後に聞けば、獣人という生き物は総じて体が強靭で、胃腸も人族とは作りが違うらしく、飢餓状態でも普通に固形物を消化できるとか。

ただし、獣族は獣度が高いほど先祖の獣が苦手だったものに対する耐性が低く、余程の毒でもなければ食べることのできる人族よりはその点では劣っている。

「さて、それじゃあそろそろ話をきかせてもらえますか？」

食事を終え、テリーヌが後片付けに去ってから僕は満足そうにお腹をさすっているヴァンに声をかける。

強靭な獣人族でもなければ数日は体力回復を待つところだが、僕が見る限りヴァンは既に話をするくらいは問題ないほどに回復しているように見える。

毛艶も最初に家の前で見た時よりは随分と良くなっていた。

「……話？　何が聞きたいんだ」

「まずは貴方様がどうしてこの島に辿り着いたのかですかね」

「島だと！　それは本当かっ！」

僕の言葉を聞いたヴァンは、突然目を見開くとベッドを飛び降りてそう叫ぶ。

そしてこう続けた。

「まさかここは魔の島なのか？」

「魔の島？」

「ああ、魔の島だ」

魔の島というものを僕は知らない。

「その魔の島というのがなんなのかわかりませんけど、ここはエルドバ島という島です」

「エルドバ……やはり魔の島であったか」

ヴァンはそう言って僕から離れるとベッドに戻って腰かけた。

落ち着きのない男である。

「ですから、魔の島ってなんのことなんですか？」

何が何やらわからない。

一人で勝手に納得しているようなヴァンに、今度は僕が問いかける。

話の流れからすると、このエルドバ島はヴァンたちガウラウ帝国からは『魔の島』と呼ばれている
ということだけはわかった。

しかし『魔』の島とはまた物騒な呼ばれ方だ。

「王国には伝わっていないのか。この島のことが……なるほど。だからこの島を領地にできると思っていたわけか」

呆れたようにヴァンはそう口にする。

そして一呼吸置いてから僕たちが知らない、彼ら獣人族の中で伝わっている話を語り出したのだった。

＊　＊　＊

「この島には魔獣の王って呼ばれてるエンシェントドラゴンが住んでいる」

獣人族にとってこの島は魔獣の王エンシェントドラゴンが住む島。

つまり『魔の島』と呼ばれて恐れられているらしい。

「エンシェント……ドラゴン？」

「おいおい、まさか知らねぇってことはないよな？」

ヴァンが呆れたような声を上げる。

だが、僕はドラゴンという魔獣の存在は知っていてもエンシェントドラゴンなどという名前は聞いたことがなかった。

「まさか、人族の国にはエンシェントドラゴンの名前は伝わってないってのか。そりゃこの島に手を出すわけだ」

ヴァンは僅かばかりの呆れが混ざった笑い声を上げると話を続けた。

エンシェントドラゴンとは、この世に存在するドラゴン種の始祖と呼ばれている種族であると。

空を飛ばないラウンドドラゴンや、火を吐き、体から炎を吹き上がらせるフレイムドラゴンなど、全てのドラゴンはエンシェントドラゴンが他種族と交配して生まれたと言われている。

「それだけ聞くとエンシェントドラゴンって他種族に手を出すとんでもなく迷惑な種族だったように聞こえるな」

「レスト様。ヴァン様が複雑な顔をしておられますのでその話は一旦横へ置いたほうがよろしいと思いますぞ」

「……続き、いいか？」

キエダの言うとおり、複雑な表情を浮かべたヴァンにそう問いかけられて僕は無言で頷き返す。

どうやら彼ら獣人族にとってエンシェントドラゴンとは、そんな下世話な話題に持ち出すような存在ではないらしい。

しかしエンシェントドラゴンが一体どんな魔物や動物と交配したら、現存するドラゴンたちが生まれたのかは興味がある。

いつか調べてみたい。

「そのエンシェントドラゴンの最後の一体が、この島を住み処にしていたんだ」

「それは本当ですか？」

「獣人族に伝わる伝承に嘘がなければ、元々この島は大きな一つの山だったらしい」

その山は大陸にあるどの山よりも高く大きく海の上にそびえ立っていたのだという。

獣人族に伝わる伝承では、その山の中からエンシェントドラゴンが生まれた時に山が破壊され、現在のこの特殊な形の島が生まれたとも言われている。

「ほかにもどこからか巣を探してやって来たエンシェントドラゴンが、自分が住みやすいように島の中をくりぬいて住み処にしたって話もあるけどな」

「それが本当だとすると、この島がこんな変な形をしてる理由が理解できることは確かですね」

「だろ？　と言っても俺たち獣人族はみんな怖がってこの島に近づく奴とかいなかったから、中がこんな窪地になってるなんて知らなかったけどよ」

獣人族は他の種族に比べ、魔獣の気配に敏感らしい。

なので、この島に近づくことを本能的に避けてきたという。

「でも僕たち、この島に来てから一度もドラゴンなんて見てないですよ」

「私も見たことはないな」

この島に上陸して間もない僕はともかく、生まれてからずっとこの地に暮らしているトアリウトさんですらドラゴンの姿を見たことがないという。

それに、僕の知る限り王国の調査団が調査した報告書にもそれらしい記述は一切なかった。

「さっきも言ったろ。住んでいたって」

「住んでいたってことは、もういないってことですか？」

「それはわからないな。俺の知ってる言い伝えにも何処にも、この島からエンシェントドラゴンが去ったなんて話はなかったからな」

「では、エンシェントドラゴンはまだいるのではないですかな？」

ヴァンはキエダのその言葉に「それはないな。ここに直接来て確信したぜ」と自嘲気味に笑った。

「俺たち獣人族ってのはさっき言った通りお前ら鈍感な奴らと違って、トンデモねぇ強い奴が近くにいれば本能が危険を伝えてくるんだ。だからこの場所に来てわかった。もう島にはエンシェントドラゴンのようなトンデモねぇ存在はいないってことがな」

「でもそれならどうして未だに獣人族はこの島に近寄らないんだ」

トアリウトの疑問にヴァンは少し考えるそぶりをしてから、少し自信なさげに答える。

「それはたぶんだが、島の周りにだけはエンシェントドラゴンの気配が残ってやがるせいだな」

「島の周りにだけ？」

「ああ。なんつーか結界みたいなもんじゃねーかと今は思ってる。そうじゃなきゃ俺がこの島に流れ着く前に感じたモンの説明ができねぇ」

島の周りには確かに不思議な雰囲気がある。

潮の流れも特徴的で、あの入り江以外は船すら近づくことが難しいほど潮の流れが急で波も高い。

さらに空だ。

遠くからだと島の上に何やら靄がかかったように見えて、島全体がぼやけて見えたのだ。

島に近づくにつれてそれは消えていったため、ただの一時的な気象現象だと思っていた。

だけれどあれがヴァンの言う『結界』だとすればどうだろう。

この島には空を飛ぶ魔獣がいないことは報告書に書かれていた。

調査団の拠点が、高い塀のみで守り切れていた理由の一つがそれだ。

「一体誰がそんな結界を……」

「そんなの決まってるじゃねーか。エンシェントドラゴンだよ」

「たしかに、ヴァン様が教えてくれたような伝説的な力を持つ魔獣の王であれば、島全体を覆うほどの結界を作ることもできたのかもしれませんな」

「にわかに信じられないけど、だとしたらどうしてエンシェントドラゴンはそんな魔物避けのような結界を張ったんだろう」

「そんなことは知らねぇ。だけどまぁ俺にとって重要なのは、この島には未だにまともな方法で獣人族は近寄れねぇってことだ」

ヴァンは突然ベッドから飛び降りると体の調子を確かめるようにその場で軽く飛び跳ねる。

とても少し前まで行き倒れていたとは思えない異常な回復力だ。

「さぁて、体調もテリーヌ……さんのスープのおかげで戻ってきたことだし、ちょっくら迎えに行ってくらぁ」

「迎えって、何処へ？　誰を？」

「ああ、そういやまだ言ってなかったな」

ヴァンは部屋の中央にある例の穴に向かって歩きながら、僕たちが驚く言葉を口にした。

「この島に流れ着いたのは俺一人じゃないんだわ」

「えっ！　ヴァン様、今なんと？」

「貴方様一人ではないということはつまりは――」

僕たちがヴァンの予想外の言葉に驚いて戸惑っている間に、ヴァンは軽い身のこなしで穴の中に飛び込むように入っていった。

「あれほど衰弱していたというのに、もうあれほど動けるとは」

「さすが獣人族といったところですな」

その姿にトアリウトとキエダが感心したように呟く。

「今は感心してる場合じゃないだろ！」

「そうです。あのお方が仰ったことが確かなら、秘密の入り江という所に他の遭難者がいらっしゃるということです」

テリーヌは自らのメイド服のスカートを何やら弄りながらやってくると「私たちも行きましょう」と穴を指さした。

「行くって、もしかしてテリーヌも行くの？」

「当たり前です。ヴァン様のように他の遭難者の皆さんも危険な状態かもしれませんし。その場合私の力が必要になるでしょうから」

「でも、たぶんそこまで危険な状態にはなってないと思うけどな」

「どうしてですか？」

「だってヴァンの様子を見ただろ？　もし仲間が危険な状態だったら、あんな悠長に喋っていられると思う？」

「それはそうですが」

「自分の体力の回復を待っていたとも考えられるけど、それなら元気な俺たちに頼めば良い。とっくに俺たちが敵ではないということはわかってたはずだしね」

僕はテリーヌを説得すると、彼女は「それでは念のために少し準備します」と言ってキッチンから軽食とスープの入った鍋を持ってくる。

「食べ物はいいとしてスープを持って行くなら、スープを入れる水筒が必要だな」

僕はそう言うと、すぐに水筒をクラフトする。

水筒は木製の筒の内側の表面を薄い石で固めたものを、王都で昔見たことがあるのでそれを作ってみた。

少し重いが、余程のことがなければ漏れることはない。

さすがに地面に思いっきり叩き付けたら割れてしまうだろうけれど。

「ありがとう。それじゃあ行ってくる」

「トアリウト殿、案内お願いいたしますぞ」

「まかせておけ」

「行ってらっしゃいませ。村長様には私が説明して参りますので」

聖獣様と共に村長は村人たちを落ち着かせるために、村の中央広場に出向いていた。

本来ならこの場にいてほしかったが、村人の動揺を収めるには彼が適任だということでその役を買って出てくれたのである。

ちなみに聖獣様も、村の娘たちを癒やすとか言いながらその後を勝手に付いていったが、たぶんテリーヌ以外男ばかりの狭い空間にいたくなかっただけだろう。

僕たちはテリーヌの見送りを背に、穴の中へ階段を下りていく。

先頭はトアリウト。

彼の初級光魔法で照らされた洞窟内を歩く。

途中までは少し前に一度来ているので、特に問題なく進んでいくことができた。

何個かの分岐点を越え、途中の分岐を前回向かった部屋の方向とは別方向にさらに進む。

今回もクラフトスキルで僕にだけわかる目印を付けているが、ヴァンはこんな迷路の中を迷わず元の入り江まで向かうことができているのだろうかと不安になってくる。

「トアリウトさん。こんな複雑だとヴァン様はどこか別の道に迷い込んだりしてるんじゃない？」

「確かにその可能性もあるな。慣れている私でも時々自分が進んでいる方向が合っているのかどうかと思うこともある」

「……今は大丈夫だよね？」

「もちろん大丈夫だ。それに迷ってもレスト様が道しるべを付けてくれている。戻るのは容易だ」

「バレてたか」

どうやら僕がひっそりと天井の一部に印を付けているのがバレていたらしい。

「でもあの道しるべは僕とキエダ以外にはわからない暗号のようなものだから、悪用されることはないはずさ」

「確かに。私が見ても最初なんなのかわからなかった。道しるべとわかった今でも意味を解読するのは難しそうだ」

「レスト様はああいった暗号に一時期ハマった時期がありましてな。その頃に私がかつて冒険者時代に得た知識と経験を元に作ったものですぞ」

「そういう時期は誰にでもあるからわかる。コリトコもそろそろそういう時期が来そうでね」

「そういう時期ってなんだよ。そういう話は本人の目の前ではやめてほしいんだけど」

暗い洞窟の中。

そんなたわいない話をしながら僕たちは登ったり降りたり、分かれ道を何度も通り過ぎながら先へ進む。

途中、崖のようになっている場所や、歩くには危険そうな場所もかなりあった。

そういう所こそ僕のクラフトスキルの出番である。

歩きやすいように階段を作ったり坂道にしたり地面を均したり補強したりは、この島に上陸する時の経験が生きた。

そこまでしたのには歩きやすくするため以外に、遭難者を上へ連れて行く時に必要だと思ったからでもある。

しかし元々はそんな危険で迷路のような洞窟を、暗闇の中で上まで登ってきたヴァンの野生の勘と体力はやはり恐るべきものだ。

結果的に倒れてしまったわけだけど。

「後少し……見えたぞ」

先を歩くトアリウトが、曲がり角の先を指さしてそう告げ足の動きを速めた。

彼の持つ光が曲がり角に消える前に僕たちも急いで彼の後を追う。

ここまでかなりの時間をかけて下って来たが、高さ的にはまだ海面まで降りてはいないはずだ。

なのにもう出口。

つまり入り江に着いたというのはおかしな話だ。

そんな疑問を抱きながらもトアリウトの背中越しに進んでいる先を見ると、たしかに彼が言ったようにうっすらと光が見える。

「あそこが秘密の入り江?」

「そうだ。私たちの祖先が流れ着いた場所があの先にある」

「光があると言うことは外ということでしょうが、我々の知る限りこの島に入り江と呼べるような場所はなかったはずなのですぞ」

「……行けばその理由もわかる」

トアリウトはそう言うと、止めていた足を動かして光に向かって歩き出し、そのまま洞窟の外へ出て行った。

トアリウトを追うように僕たちも洞窟から出ると、そこに広がっていたのは砂浜だった。

と言っても外ではない。

周りを見回すと、ぐるっと砂浜を囲むように高い岩壁が周りを楕円形に覆っていた。

その楕円形の中に砂浜と大きな池のような水面が存在しているという、なんとも摩訶不思議な景色であった。

「これが秘密の入り江なのか。確かにそこかしこに流れ着いた船の残骸みたいなのはあるけど」

「なんとも不思議な場所ですな。周りだけでなく上も空ではないのでしょう？」

キエダの言葉を聞いて見上げた空は一面真っ白で。

「眩しいっ」

「レスト様、あまり見てはいけません。あれは光石《ひかりいし》という鉱石ですぞ」

「キエダ殿はやはり詳しいな。そう、あれは空ではなく天井一面の光石だ」

光石と言えば、王都でもめったに見かけない鉱石だ。

魔力を送れば光を放つという性質を持っているため、火が使いづらい暗い場所などでの需要がかなり高い。

魔道具と違って魔石が必要ないために、ダンジョン探索などを主に行う冒険者には特に人気がある。

「でも、光石って確かまとまって発掘されたことはないんじゃなかった？」

「そうですな。私の知る限り偶然に他の鉱石の発掘作業の際に稀に見つかる程度のはずですぞ」

しかも、こぶし大の光石が発掘されたからと言って、その場所で他にも光石が見つかることは少ない。

なぜか光石は、様々な鉱石の中にごく少量交じるという状態でしか発見されていないのだ。

「それが天井一面にあるなんて」

「しかも輝きを放ち続けているということは、この秘密の入り江とやらの魔力濃度はかなり高いのでしょうな」

魔力というのは人にはほとんど感じられない。

なので魔力が濃い場所、薄い場所を確認するには特別な魔道具が必要になる。

拠点の荷物の中にはあるが、もちろんそんなものは今この場所に持ってきているはずはない。

だが。

「調べてみよう」

ぽんっ。

僕は手のひらの上に『空間魔力測定器』をクラフトした。

なんせ未開の地に向かうのだ。

その地の魔力の濃さは魔力の回復速度に繋がるので、場合によってはちゃんと確認しておく必要がある。

といっても拠点近くの魔力濃度は既に調査団が調べ済みだったために使う機会もなく、すっかり存在を忘れていたのだが。

「測定開始――――っと」

空間魔力測定器を起動させた僕だったが、取り付けられたメーターの針が一気に限界まで上がりきったのを見て思わず絶句する。

確かに調査団の報告で、島の魔力濃度はかなり濃いことはわかっていた。

だけれど、この秘密の入り江の魔力濃度はそんなものなど目ではない。

「壊れているのですかな？」

「今、僕がクラフトしたばかりの新品だよ。壊れるわけがない」

もちろん作り方を間違えたわけでもない。

だとするとこの異常な魔力濃度は事実だということである。

僕は黙って目を細め天井を見上げる。

まるで真昼の陽の光のように輝く光石は、陽の光と違い熱こそ感じないが十分な光量で入り江を照らしていた。

「こんな馬鹿げた魔力が満ちてるから、光石もあんなに輝いているのか」

「にわかには信じられませんが、現実としてそうなっている以上は信じるしかありませんな」

僕とキエダは空間魔力測定器を見ながら感嘆の溜め息をつく。

「ところでお二人。そろそろヴァンを捜さないか？」

「あっ」

トアリウトの言葉に僕はこの秘密の入り江にやって来た本来の目的を思い出した。

「砂浜に足跡が残っているから、先に来ているのは間違いないが」

「足跡は何処に続いているんです？」

僕はヴァンのものらしき足跡を目で追いながら問いかけた。

「あの小型船に向かって続いているようですぞ」

「たぶんあれがヴァンの乗ってきた船だろう」

「あんな小型船でこの島まで来たっていうの？　無茶にもほどがある」

この島の周りは潮の流れが速く、小型船では流れに逆らえず島に近づけないと聞いている。

それでも無理をして近づこうとすれば最悪波に煽られ沈没してしまうだろうとも。

「とりあえず行ってみましょう」

「そうだね」

「では私が先頭を行く。この辺りは船の残骸が多くて危険だからな」

そうして僕たちは慎重にヴァンの足跡を追い、その小型船に向かったのだった。

＊　＊　＊

「なんだお前たち、付いてきたのかよ」

小型船に近づいた時、その陰からヴァンが顔を出した。

気配に気が付いて様子を見に出てきたのだろう。

「付いてきたというか、追いかけてきたというか」

「どっちも一緒じゃね？」

「なんの説明もなしに行かれましたので、我々としても放って置いておくわけにもいきませんでな」

「だから私が案内してきたのだが、その船がヴァン殿が乗ってきた船か？」

トアリウトが小型船を指さして問いかける。

遠くからではわからなかったが、近くまで来ると船体の破損がかなりのものだというのがわかった。

むしろこの状態でよくここまでたどり着けたと驚くほどで、木造の船の帆は折れ、所々に小さくない穴も開いていた。

これを修理するのなら、一から作り直したほうが早いだろう。

「ああそうだぜ。これは俺の船でな。船大工に色々教えてもらいながら作った」

「ヴァン様がご自分で？」

思わず感嘆の声を上げた僕に、ヴァンは胸を張って「凄いだろぅ？」と自慢げに鼻をこすって見せた。

クラフトスキルというギフトがある僕と違って、普通は船を一艘作るというのは大変なことなのはわかる。

しかもどう見てもまだ年若いヴァンが、船大工に習いながら自作したというのだ。

一見傍若無人に見えるが、もしかすると意外に真面目なのかもしれない。

「しかしこのような小型船で島に近づくのは無謀ではございませんか？」

「そんなことはわかってんだよ。だけどよ、俺の知る限りここが国から逃げるには一番の場所だったんだよ」

「それですよ」

「どれだよ」

首を傾げるヴァンに疑問に思っていたことをぶつけてみる。

「さっき上で言ってましたよね。獣人族はこの島に残るエンシェントドラゴンの結界のせいで近寄ることすらしないって」

「言ったが、それがどうした？」

「なのにどうしてヴァン様はその結界を無理矢理突破してまでこの島に来ようとしたのですか？」

「そりゃお前……姉ちゃんを守るためだよ」

ヴァンは少し照れたような顔でそっぽを向きながら小さな声でそう答え。

そして「紹介するからこっちに来い」と後ろを向くと、先ほど出てきた小型船の裏に向かう。

「もしかしてヴァン様が言ってた『もう一人』って――」

「姉ちゃんのことだよ」

僕たちはヴァンの後を追って小型船の裏側に回り込む。

そこには集められた船の残骸と、この船で使っていたのであろう帆を使って作られた簡易的なタープが作られていた。

「お客様ですか？」

「さっき話したこの島に住んでる連中が追いかけてきたみたいでさ」

そのタープの作り出す影の中。

一人の小柄な少女が木箱に座って僕たちに向け小さく頭を下げた。

彼女がヴァンのお姉さんなのだろう。

「初めまして皆様」

「俺の姉のエストリア姉ちゃんだ。どうだ、俺とそっくりで美形だろ？」

「えっ……」

確かに目の前で静かに微笑む少女は、まだ幼さを残していながらも可憐である。

だが見かけはほとんど獣なヴァンと違い、少女は頭の上にある犬っぽい耳以外は僕らとなんら変わらない姿をしていた。

「特にこの耳の毛の質なんて――」

「ヴァン、少し落ち着きなさい」

「でもよ姉ちゃん」

特にと言われても、それ以外の共通点が僕たちには一切わからない。

もしかすると獣人族ならこの二人の『共通点』がわかるのだろうか。

「すみません。この子、根はいい子なのですが少し調子に乗りやすくて」

「なんだよ。俺は姉ちゃんのことを褒めてるってのに」

「そういうことは恥ずかしいからやめてと昔から言ってるでしょ」

「だって、姉ちゃんのその目とか、他の獣人族の何倍もきれいな金色してんだぜ。それに髪だって
――……」

「止めなさい」

僕たちは曖昧な笑みを顔に貼り付けたまま、しばし二人のじゃれ合いのような姉弟喧嘩を見る羽目になった。

＊　＊　＊

「それで姫様はエンハンスド王国の第四王子との婚約が嫌で逃げてきたと？」

「エストリアでかまいませんわ。出奔した私はもう姫でもなんでもありませんので」

「おう、俺もヴァンでいいぞ。様付けとか敬語とかすげー髭がむずむずしてたんだ」

そう言われても相手は他国とはいえ皇族だ。

なかなか言うとおりにはできず、暫く僕は「えっと……エストリア姫……様」と言っては「エストリアよ」とたしなめられたりした。

そしてようやくそのことに慣れてきた頃、彼女たちはどうしてガウラウ帝国を出奔したかを話し出した。

結論としては単純な話である。

発端は皇帝の八男であったヴァンが皇宮で聞いた彼の父である皇帝と二人の兄との会話だった。

ガウラウ帝国は獣人族の気質もあってかかなりオープンな国で、他の国なら密室に防音魔道具を設置して行うような会議も、会議室に適当に集まって行われるらしい。

もちろん皇宮には誰でも入ることができるわけではなく、信用のおける重鎮しか近寄れない場所で重要な案件は話し合われる。

その日の議題は最近勢力を伸ばしつつある僕の国、エンハンスド王国との外交問題であった。

大海原を越えた別大陸にある遠くの国ではあるが、その力は強大であり、既に別大陸にまで手を伸ばしつつある。

もちろんガウラウ帝国の存在する東北東の大陸も同じで、既に何度か使者のやり取りをしていたらしい。

「ではエストリアをあの国の王子の一人に嫁がせるということでよろしいかな？」

扉の向こうから帝国宰相ガラバズのそんな言葉が聞こえてきて、皇宮の自室へ荷物を取りに向かっていたヴァンは足を止めた。

そして思わず扉に耳を当て盗み聞きをすることにした。

「かまわぬ。あやつも皇女に生まれ育った身だ。自らの役目くらいわかっておるだろう」

「そうだな。今、かの大国と争うのは得策ではない。できれば同盟を結び魔族どもとの戦に手を貸してもらえればしめたものだ」

「休戦中とはいえ、いつ戦が再開されるかわからんからな」

獣人族と同じ東大陸にはガウラウ帝国の他にもう一つ、魔族と呼ばれる者たちが治める国があった。

基本的には遙か昔に締結した休戦条約後は友好な関係を続けているが、水面下では様々な駆け引きや策謀が巡らされ、いつ戦争が再開されるかわからないとそれぞれの国の上層部は考えていた。

そこに西の大陸の覇者であるエンハンスド王国からの使者が現れた。

大海原を挟んでいるため、直接的に争いあうよりお互い利益のある付き合いをしたい。

そんな話し合いがここ数年続いていたのである。

国交の樹立、交易の拡大などを進めてきた。

エンハンスド王国との協力関係をさらに進めるため、皇帝とその跡継ぎたちが考えたのが、帝国の現第一皇女であるエストリアをエンハンスド王国へ嫁がせるという策というわけである。

「俺には姉ちゃんが政略結婚の道具にされるのが我慢ならなかった。だから俺は急いで姉ちゃんを連れて国を出ることにしたんだよ」

「……ヴァンの事情と気持ちはわかった。だけど、エストリアさんは国を出て良かったの？」

仮にも一国の皇女だ。

彼女の父である皇帝が口にしていたことも確かで、彼女はずっと自らが政略結婚の道具になることは納得していたはずだ。

僕の問いかけに彼女は優しく微笑を浮かべると答えた。

「大事な弟が……ヴァンが鼻水を流して泣きながら頼んできたのですもの。断れるわけがありませんでしょう？」

「ね、姉ちゃん！　それは秘密だって言ったろ！」

「ふふっ、ごめんなさい。つい言ってしまいました」

「姉ちゃんの馬鹿ぁーっ！」

恥ずかしさのあまりそう叫んでタープの下を飛び出すヴァンを見送る笑顔のエストリア。

その顔は本当に弟を大事にしていることが伝わってくるようであった。

「私は暴走しがちなヴァンを、姉として守らねばならないとも思っているのです」

獣人族という種族は家族関係というものをあまり重視していないらしく、親兄弟でも淡泊な付き合いしかないことが多いらしい。

皇帝は妻を多数娶り、十人以上もの子供を持っている。

エストリアとヴァンは腹違いの姉弟だったが、本当に仲が良い兄弟姉妹はこの二人だけだったと彼女は言う。

「たぶん私の亡くなった母が人族だったからかもしれませんね」

エストリアの母は、ガウラウ帝国の浜辺に漂流してきた亡命者だったらしい。

そして皇帝に見初められ後宮に入りエストリアを産んで数年後に亡くなったという。

なんだか他人事とは思えない。

「それで見た目もほとんど僕たちと変わらないんだね」

人族と獣人族の混血だから人族とほぼ同じ容姿なのだと僕は納得した。

しかし――

「いえ、これは別にそういうわけではありません。獣度の高い者同士が結婚して子供を産んでも私のような一見人族のような容姿の子が生まれることもめずらしくないですし」

「そうなんだ」

「理由はよくわからないらしいのですが、おかげで獣人族は誰も見た目で人を判断することはありません。ですから母も特に何不自由なく最後まで暮らせたのですわ」

そう言ったエストリアの顔は、うろ覚えであろう母のことを思い出しているようであった。

「うわあああああああああああっ」

一方その頃、エストリアに鼻水を流しながら泣いてすがったことを暴露されたヴァンは、砂浜を全力で走り回っていた。

正直言ってかなりうるさい。

そんなヴァンを横目で見ながら僕はエストリアにウデラウ村でのことを話すことにした。

ヴァンが村にやって来た時のことや、空腹で倒れたことも全てだ。

「そうですか……ヴァンがご迷惑をおかけしたようで」

「気にしないでください」

エストリアの話によれば、六日ほど前にこの入り江にたどり着いた時、舟が大破して積み込んであった荷物のほとんどが海の底に沈んだのだという。

そのせいで食料も少なくなり、船の横には湖のような海面が広がっているが、不思議と中には魚は一匹もいなかったため食料を手に入れることもできずに困ったのだという。

たぶんこの場所の魔力濃度が高すぎて魚は近寄ってこないのだろうなと僕は思った。

結果、備蓄食糧で生き延びるしかなくなった二人だったが、それもいつまで持つかわからない。

助けを待つにもこんな所に誰かが来る可能性はそれほど高くない。

そう思ったヴァンは、食料の残りの全てをこの場所に置いて、唯一の出入口と思えた洞窟から地上へ助けを呼びに向かったらしい。

「まさかあの中があんなに迷路みたいになってるとは思ってもみなかったぜ」

砂浜を全力疾走して気が晴れたヴァンが戻ってきた。

既に息すら切らしていないし疲れも見えない。

これが獣度の高い獣人の身体能力かと少し呆れるほどだ。

「それはそうだろう。私の先祖がこの地にたどり着いた時、五十人ほどの男衆で調べても地上への正解の道を見つけるには苦労したと聞いている」

「登ったり降りたり、水が溜まってたり大変だったぜ。救いは魔物がいなかったくらいだな」

それもたぶんこの地の魔力濃度の高さのせいだろう。

ある程度の濃さの魔力は魔物を呼び寄せるが、あまりに強いと魔力酔いのような現象を起こすために余程強大な力を持つ魔物以外はは寄りつかないと文献に書いてあった。

たぶん島に住んでいた魔物たちが洞窟に入らなかったのはそれを嫌がってだろう。

ということは、ここから島に上陸したと言っていた聖獣様は……。

そのことは今は深く考えないようにしよう。

「俺のカンじゃあ半日もあれば上れると思ったんだがな」

「まぁ道さえ知っていればゆっくり上っても一日もかからないだろうけど、探索しながらじゃ難しいだろうね」

僕もトアリウトの案内がなければ、とてもではないがこの入り江にたどり着けるとは思えなかった。

それほど洞窟はあちらこちらに枝分かれしていて迷いやすいのだ。

「それじゃあ一休みした所で準備お願いできますか？」

「準備ですか？」

「ええ。何時までもここにいるわけにはいかないでしょう？」

僕は天井を指さしながら続ける。

「後の話とこれからのことは地上へ戻ってからしましょう」

「そうですわね。ヴァン、そこの箱に使えそうなものは全て入れておきましたから持って行ってくださいます？」

「あいよ」

エストリアが指し示した先には、大人が両手を広げてギリギリ持てる程度の大きな木箱が置かれていた。

まさかそれを持って行こうというのだろうか。

「そんなに荷物があるのか。なら後でまた村の男衆を連れて取りに――」

そうトアリウトが声をかけたが、ヴァンはそのままひょいっと軽いものでも持ち上げるように木箱を担ぎ上げて言った。

「いや、この程度なら腹一杯になった俺にはどうってことないぜ」

「……」

「……いやはや、これは驚きですな」

それほど巨体でも筋肉があるようにも思えないヴァンが、見るからに重そうな箱を軽々と持ち上げている。

その光景はあまりに異様だ。

「ヴァンは獣人族の中でもかなりの力持ちさんなのですよ」

「ははっ、自慢じゃねぇが獣人腕相撲では毎年良い所まで行くんだぜ」

力持ちさんという言葉で片づけていいものだろうか。

獣人族の身体能力の高さはヴァンと出会ってから散々見せつけられたけれど、それでも驚いてしまう。

「っと、その前に来やがった……」

ヴァンは一旦持ち上げた箱を地面に下ろすと、船の先にある海面に顔を向ける。

そしてエストリアも、耳をパタパタとさせたかと思うと僕たちに向けて「今から面白いものが見れますよ」と言った。

「アレが始まるのか」

「アレ?」

「トアリウト殿も何か知っているのですか?」

エストリアの言う【面白いもの】をトアリウトも知っているらしい。

僕はそれが何かを問いかけようと口を開きかけ――

ゴゴゴゴゴゴ。

地鳴りのようなその音に口を閉じた。

「なっ……」

「これはいったい」

僕は音の聞こえるほうに――ヴァンが見つめる海面に目を向けた。

だが、そこには既に海面はなくなっていて、大きな暗い穴がぽっかりと口を開けていた。

「水が消えた!?」

思わず僕は今まで見えていた海面のあった場所へ駆け出した。

だが、その肩をトアリウトの手が掴む。

「レスト殿、危険です」

「危険?」

そう言ったトアリウトが指し示す砂浜の先に目を向ける。

ざざざざざっ。

静かな音を立てて砂浜がどんどん崩れて、ぽっかり開いた穴の中に落ちていく。

もし僕があそこまで行っていたら、そのままあの大穴の底に砂と共に落ちていたかもしれない。

「逃げなきゃ」

徐々に広がる穴を見て僕は慌ててみんなを見渡す。

だが、その場で慌てていたのは僕一人で。

「大丈夫だレスト。あの穴はもうあれ以上広がらねぇよ」

「うふふ。レスト様は思ったより臆病なのですね」

ヴァンだけでなくエストリアにまでからかわれるようにそう言われてしまった。

しかしこんな現象を目の前で見たら誰だって驚くだろう。

なんせ今の今まであった海面が一瞬にしてなくなってしまったのだから。

「いったいこれはどういうこと？」

僕はまだ肩を掴んだままのトアリウトにそう問いかけ、答えを求めた。

＊　＊　＊

「この穴ってどれだけ下まで続いているの？」

出来上がった大穴を注意深く覗き込みながら僕はトアリウトに尋ねる。

秘密の入り江に来てから光石や魔力濃度、閉鎖された空間に驚いたが、こんなことまで起こるとは。

「たぶん外の海面と同じ位置まで水面は下がっているはずだ」

「外のって……もしかしてこの入り江は」

「島の中腹と言えばいいのかわからんが、その辺りの高さにあると私たちは考えている」

正確な数字はわかりようもないのでほとんど感覚でしかないが、トアリウト曰く入り江の位置は海面からかなり上にあるらしい。

高度計をクラフトすればわかるのかもしれないが、生憎と高度計の作り方は勉強していない。

頭の中の『外へ買い出しに行った時に買うものリスト』に追加しつつトアリウトの話の続きを聞く。

「穴の中の海水は定期的に上がったり下がったりを繰り返すのだ。先祖も最初この入り江に流れ着いたときはそれを知らず、仲間と船を失ったらしい」

大陸から逃げてきたレッサーエルフたちは、漂流中に島の付近で猛烈な嵐に巻き込まれたのだそうだ。

吹き荒れる風雨のさなか、彼らはこの島の影を見つけて舵を切った。

だがその島に近づいた時、突然船が海中に引きずり込まれた。

「そして気が付いたらこの浜辺に打ち上げられていたと聞いている」

「一体何がどうなって島の外から入り江に辿り着くことができたんだろう」

トアリウトの話を聞いて僕はそう呟いた。

その問いに対する答えは予想外のところからやって来た。

「レスト様、あくまでも推測ではありますがナールトの大渦に彼らは巻き込まれたのではないでしょうか？」

「ナールトの大渦……たしか僕たちが上陸した場所から島に沿って東に向かった所で稀に起こると報告書に書いてあった現象のことだよな？」

「はい。調査団が島の周りの調査中に危うく巻き込まれかけたと書かれていた大渦です。もしかするとあの大渦はこの入り江と繋がっているのではないでしょうか？」

キエダの推測によればなんらかの仕組みでこの入り江の海面が上昇する時、外部から海の水が大量にこの大穴へ流れ込むことになる。

つまりこの入り江の外側がナールトの大渦が発生する場所で、発生理由が入り江の海面上昇のせいだというのだ。

そして、その『給水』に巻き込まれたレッサーエルフたちの船は水の流れのままこの入り江まで運ばれてきたのではないか。

普通なら船は大破して海の藻屑となるところだが、運良くなのか何かしらの力が働いてなのか彼らの船は沈まず入り江に辿り着くことができたというわけだ。

「我々の祖先は運が良かった……と言って良いのか」

「結果的に生きて新天地に辿り着けたという意味では運が良かったのでしょうな」

「全滅していてもおかしくなかったんだ。それに、もしかしたらこの島の何かが嵐のせいで命を失いかけているレッサーエルフを救おうとしてくれたのかもしれないしね」

流石に島が彼らの先祖を助けようとしたというのはあり得ない話ではある。

だけれど、島のおかげで彼らの先祖が助かったことも事実なのだ。

「面白い話してんじゃねーか。俺の話も聞いてくれよ」

そんな話をしているとヴァンが話に食いついてきた。

「俺たちもこの島に近づいた途端にその渦に巻き込まれちまったんだよ」

「やっぱり外の渦がこの入り江に繋がってるのは間違いないんですね」

「おかげで船もボロボロ。荷物も大半はどこかいっちまって散々だったぜ」

それでもエストリア共々、命があっただけでも儲けものだと彼は豪快に笑う。

確かにその通りなのだろう。

海に起こる大渦に巻き込まれ、生きてこの入り江にたどり着ける者がどれだけいるのか。

そこかしこに散らばる朽ち果てた残骸。

それは渦の中で命を落とした人たちの成れの果てかもしれない。

「それではレスト様、そろそろ出発いたしましょう」

エストリアが『見せたいものは見せ終えた』とばかりにレストの側までやって来てそう告げる。

もう少しこの不思議な現象を見ていたかったし、この入り江についても調べてみたかった。

しかし今は彼女を上まで連れて行くことが先決だろう。

「よっと」

ヴァンが一度は地面に置いた箱を持ち上げると「早くしないと水浸しになっちまう」と言い残し洞窟のほうへ向かっていく。

水浸し？

「ああ、そうだった。領主様、急いで洞窟へ戻ろう」

トアリウトも何かに思いついたのかそう告げて歩き出す。

「何か急がなきゃならない理由でも？」

僕は慌ててエストリアの手を引いてキエダと共にトアリウトの後を追う。

そして、先に辿り着いていたヴァンが、獣人の力を遺憾なく発揮して少しだけ高台にある洞窟の入口まで荷物を持ち上げていくのを唖然として眺めていた時だった。

ゴゴゴゴゴゴ……。

突然、先ほど海面が急降下した時よりも大きな地鳴りのような音が聞こえてきた。

「な、なんだ」

「来ましたわね。レスト様、急いで登りましょう」

僕たちはその音から逃げるように高台に先に上っていたヴァンとトアリウトに引き上げられるように上った。

何が何やらわからないまま音のほうへ振り返った瞬間だった。

ボガンと何かが破裂したような音と共に地響きが足下を揺らした。

「わわっ」

「大丈夫ですか？」

思わずふらついてしまった僕の肩に柔らかな手が添えられた。

どうやらそれはエストリアの手だったが、その時の僕はお礼を言うことも忘れて目の前で起こっているとんでもない現象に目を奪われていた。

「水が……吹き上がっている!?」

先ほどまで地獄まで続くかのような奈落の姿を見せていたあの大穴から、天井へ向けて大量の水が吹き上がっていたのだ。

先ほどの地鳴りと爆発音は、海水が一気に大穴を上ってくる音だったらしい。

「間欠泉みたいですよね」

予想外の出来事に混乱する僕の耳元に、落ち着いた優しい声が聞こえた。

その時になってようやく僕は自分の体を支えてくれているのがエルトリアだと気が付く。

「す、すみませんエストリア様。支えてもらって」

「ふふっ、気にしないでください。私も獣人族ですので力はありますの」

頭の上の可愛らしい二つの耳以外は可憐でか弱く見えるエストリア。

だが、やはりその体には獣人族の血が流れているのだろう。

地面の揺れでバランスをすぐに崩した僕と違い、彼女は全くふらつきもせず、それどころか僕の体を支えるまでしてくれていた。

「それにしても今のレスト様のお顔はなかなかユニークでしたわ」

耳元に小さな笑い声と共に届いた言葉に僕は恥ずかしさで僅かに顔が熱くなるのを感じた。

「そんなにおかしな顔をしてましたか？」

「ええ。それにヴァンもあの水柱を初めて見た時は同じような顔をしてたので、それを思い出してしまって」

「あんなものを見たらそれは驚いて当然ですよ」

僕は彼女から少し離れる。

そして顔を両手でさすって表情を意識して戻した。

「もしかしてエルトリア様たちもあの間欠泉のように打ち上げられたのですか？」

僕は収まりつつある吹き上がった水を見ながらそう問いかける。

といってもあれだけの勢いで打ち上げられたら命が無事であるとは思えない。

しかし獣人族の身体能力なら――そう考えたのだが。

「いいえ違いますわ」

「違う？」

「はい。私たちの時はあそこまで激しくはありませんでしたもの」

エルトリアが言うには自分たちの時は渦に巻き込まれた後ゆっくりとこの入り江まで運び込まれるように辿り着いたのだという。

「私たちの先祖も同じように浜辺に辿り着いたと聞いている」

後ろから話を聞いていたのであろうトアリウトもそう答える。

話を聞くとどうやらあの穴の中の海水は急激に落ちた後に勢いよく吹き上がる時と、ゆっくり上下する時と様々な動きをするらしい。

「島の周りの海流か天候か色々な要素が相まってそんな現象が起こっているのかもしれませんな。そういえば聖獣様も満月がどうとか仰ってましたが、それと関係があるのでしょう」

キエダがあごひげを撫でながら推測を述べる。

時に自然は人の考えを遙かに超えた不思議な現象を引き起こす。

キエダも冒険者時代に様々な土地を巡り様々な自然現象を見聞きしてきたと聞いている。

その冒険譚の一部は僕を寝かしつける時に寝物語として聞かされてもいた。

僕が貴族社会に嫌気がさして自由になりたいと思うようになった一因かもしれないが、そんなことを言うとキエダが気に病みそうなので言えない。

「おい、それにしても今回は激しすぎやしないか?」

「確かにそうですわね。今までここに来てから何度も経験しましたけど、これほど長い間水が吹き上がっているのは初めてかもしれません」

全員が見つめる先で吹き上がった海水の勢いは一向に止まりそうにない。

「流石にやべぇかもしれねぇな」

ヴァンの言葉に僕も同意する。

「逃げたほうがいいかも」

「ですな。とりあえず全員持てるだけの荷物を持って洞窟の中に避難しますぞ」

キエダはそう言って地面に置いていた荷物を担ぎ上げる。

「急げ! 思ったより水の勢いが強い」

水の勢いは止まるどころかさらに増し、まるで入り江全てを洗い流そうとしているかのようで。

勢いのまま洞窟の入口に辿り着けば中まで濁流が流れ込んできてしまうかもしれない。

「レスト様、急ぎましょう」

その場で立ち尽くし、迫り来る海水を見ていた僕にエストリアが早く逃げようと声をかける。

「いや、このままだと洞窟の中に入っても上まで行かないと入ってきた海水に飲み込まれるかもしれない」

「ですが他に逃げる場所はありませんよ？」

「うん。だからこうする」

僕は右手と左手を前に突き出すと二つのスキルを同時発動させた。

クラフトと素材化。

迫り来る海水を素材化で吸収しつつ、クラフトスキルで目の前に洞窟の入口を覆うように壁を作り出していく。

「凄い……」

「領主様はこんなこともできるのか」

「信じらんねぇことしやがる」

キエダ以外の三人は、目の前で起こったことが信じられないのだろう。

洞窟の中に逃げ込むことも忘れ出来上がった防壁を見上げて呆然としていた。

やがて壁の向こうから聞こえていた激しい音は収まっていき、完全に聞こえなくなったのを確認してから僕は作り上げた防壁を徐々に素材化で素材に戻していく。

防壁を全て消し終わった僕は入り江の状況を確認するために周りに目を走らせた。

「残骸が増えてますわね」

エストリアの言う通り、先ほどはなかった船の残骸やゴミのようなものが入り江のそこかしこに落ちていた。

「でも俺たちの船はないぞ」

増えた残骸の代わりにエストリアたちが先ほどまで家代わりに使っていた船が見当たらない。

どうやら先ほどの波に流されてしまったようだ。

「荷物を下ろした後で良かったですな」

「全くだ。しかし先祖の話でもあれほどの吹き上がりは聞いたことがなかったせいで油断した」

「レストがいなかったら最悪荷物は捨てて逃げなきゃならなかったかもな」

「しかしあれだけ荒れ狂っていたのに、もう水面は元通りになってるね」

水が荒れ狂ったことを示すように、入り江の砂浜は荒れ果て、壁面にも見上げるほどの高さまで海水の跡が付いている。

なのにそれを引き起こした海面は、まるでそんなことなどなかったかのように煌々とした光石の輝きを反射する波が揺らめいているだけだ。

「何にしろまた入り江が暴れ出すとたまんねぇから早く行こうぜ!」

水面を眺めていた僕たちに、ヴァンのそんな声がかかる。

振り返ると彼は既に大きな荷物を数個担いで洞窟の入口の前で僕たちを待っていた。

「そんなに慌てなくても」

「姉ちゃんはのんびりしすぎなんだよ」

「確かにそろそろ戻らないと長老たちも心配しているかもしれんな」

「ですな。早く帰って皆を安心させるべきですぞレスト様」

トアリウトとキエダはそう言うと自らも一つずつ荷物を持って洞窟へ向かっていく。

「それじゃあ僕たちも行きましょうかエストリア姫」

「ええ。でも『姫』はおやめください。私はもう国を捨てた身ですから。後『様』付けや敬語も。できるだけ普通に接してくださいね」

「わかりまし……わかったよ。それでは行こうかエストリア」

そうして僕はエストリアに片手を差し出す。

「はい、レスト様」

返事と共に差し出した手に柔らかな手が重なる。

僕はその温かさを優しく包み込むと皆の後を追って洞窟へ向かったのだった。

【第三章】
懐中時計の導きを受け入れよう！

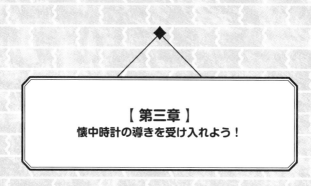

秘密の入り江から村に戻った僕たちは、テリーヌにヴァンとエストリアを紹介した。

そして二人をテリーヌに任せ、次にトアリウトに長老たちを集めてもらい長老会を開き事情を一通り説明。

話し合いの結果、本人たちは問題ないと口にしているが、やはり皇族ともなると村では持て余すということで、僕たちは二人を拠点へと案内することにしたのだ。

そして後のことはトアリウトと聖獣様に任せ、一緒に帰るというコリトコとファルシも合流して村を出ることになった。

コリトコは妹のメリメに「いっちゃいや」と散々泣かれて引き留められたらしいが、最終的にはトアリウトが間に入ってくれたらしい。

「あっちが今は領主様のところでコーカ鳥の飼育員として働いてるって言ったら『お前ももう立派な大人だな。行ってこい』って頭を撫でてくれたんだ」

嬉しそうな笑顔を浮かべたコリトコの顔はやはり子供だ。

だけれどトアリウトはあえて彼を大人だということでコリトコだけではなくトアリウト自身もけじめを付けたのかもしれない。

そうして僕ら六人とファルシ、そして聖獣様と何やらじゃれていたリナロンテはアグニとフェイルの待つ拠点への帰路についたのである。

帰路は来る時にしっかりと道と休憩所を作っておいたおかげで特になんの問題もなく進んだ。

夕方に村を出て途中の休憩所で一泊、朝日が昇ると同時に休憩所を後にする。

御者席には御者のキエダ。

そして横に僕とエストリアが並んで座っていた。

コリトコとヴァンは馬車の中でまだ眠っていて、ファルシとテリーヌが二人に付き添っている。

「見えてきたよ」

僕は御者席から屋根に空いたガラス窓を指さして隣に座るエストリアに話しかけた。

小さな光取り用の天窓から見えるのは天に向かって高くそびえ立つ尖塔の姿。

「あれがレスト様が作り上げた魔王の塔なのですね」

「魔王の塔って誰がそんな……って、コリトコしかいないか」

僕は小さく嘆息して首をがっくりと落とす。

コリトコが拠点にいる間に気に入り、何度も何度もテリーヌに読み聞かせてもらっていた子供向けの『魔法使いの物語』という絵物語。

魔法使いである英雄が世界を手中にしようと企む魔王と、それに従う魔族を始めとした種族を倒すというその王道な物語。

普通であれば主人公であり英雄となる魔法使いに憧れるはずなのに、なぜかコリトコは敵側の『魔王』が気に入ってしまったらしい。

そのコリトコは今、馬車の中でファルシの毛皮を枕に眠っているはずだ。

「ええ。コリトコ君からレスト様の話を色々聞かせていただきました」

「どうしても僕を『魔王』にしたがるんですよね」

「私はその『魔法使いの物語』という本を読んだことがないのでわかりませんが、きっとコリトコ君には主人公よりも魔王様のほうが英雄に思えているのだと思いますよ」

魔王が英雄ね。

たしかにコリトコが僕のことを『魔王様って呼んでいい？』と聞いてきた時の瞳には尊敬と憧れしか感じなかったけれど。

「とにかく、あの塔は『魔王の塔』という名前じゃないし、そもそもコリトコの村を探すために建てたんだし」

「そうなのですか？」

「ああ。コリトコの村ある方向には聖なる泉という泉があるって聞いたからね、それを見つけるために作ったんだ」

僕は馬車の移動で塔が見えなくなった天窓から視線を戻す。

「ではあの塔を作った目的はもう終わったのですね」

エストリアのその言葉に僕は小さく首を振って否定の意思を示す。

「最初の目的は達したけど、あの塔にはもう一つ使い道があるんだ」

「もう一つですか？」

「ああ。あの塔の上には展望室があってね、夜になるとそこからとても綺麗な星空を見ることができるんだ」

僕はあの日見た星空のことをエストリアに語る。

夜空に煌めく幾多の星の輝き。

そして、その星々を見上げた古の人々が綴った物語のことを。

「星がお好きなのですね」

「貴族の男子がそんなものに詳しくてどうするんだって散々言われたけどね」

貴族の子女が通う学園でも実家でも、僕はあえてそれを隠さなかった。

そのせいで貴族の跡取りとして相応しくないと陰口を叩かれていたのも知っている。

しかしそれは跡取りという立場を捨てたかった僕にとっては望むことでもあった。

「ぜひレスト様のお屋敷に着きましたら、魔王の塔に私も登らせていただきたいですわ」

「もちろん。だけど『魔王の塔』じゃないですからね」

このままではあの塔の名前が『魔王の塔』に確定してしまう。

「それではあの塔には別の名前があるのですか？」

エストリアは顎の下に人差し指を当てて、頭を少し傾けるようにしてそう問う。

「名前……名前か……」

そういえばあの塔に名前はまだ付けていなかった。

せっかくだから『魔王の塔』などという禍々しい名前ではなく、あの塔に相応しい名前にしたいけれど。

「もしかしてまだ名付けていらっしゃらない？」

「……色々忙しかったから、そこまで頭が回らなくて」

「でしたら、私に名前を付けさせていただけませんか？」

エストリアはその瞳に楽しそうな光を浮かべてそう提案をしてきた。

もちろん僕にはそれを断る理由はない。

だけれど『魔王の塔』のような名前だった場合は断固として断ろうとだけ決めてゆっくりと頷く。

「いいけど、何か良い名前でも思いついたのかな？」

「はい」

「じゃあ聞かせてくれるかい」

そう促すと、彼女は一呼吸置いてから口を開いた。

「星空を見る場所ということで『星見の塔』という名前はいかがでしょう？」

＊　＊　＊

カツーン、カツーン。

トンネル状に作られている道に音が響く。

カツン、カツン、カツン。

その音と音の間隔が徐々に短くなっていく。

カッカッカッカッ。

カカカカカカカカ。

その音の間隔が短くなっていくのと比例して、響く音はどんどん大きくなっていく。

「一体なんの音だろう？」

「わかりませんが、どうやら何者かがこちらに向かってくるようですな」

「確かにだんだん音が大きくなってきてるけど……屋根の上を魔獣が走っているとか？」

「この音の響き方からして、道路の中と思われますが」

キエダはそう答えながら手綱を軽く引いて、馬車を曳くリナロンテに馬車の速度を落とすように指示を出す。

馬車は後ろに荷台を曳いているため、止まる場合は徐々に速度を落としていかなければならない。

「もし魔獣がどこからか入り込んだのだとすれば、この狭い道の中で戦うことになりますぞ」

「強度はできるだけ上げたつもりだから、もし壁を破って侵入したとなるとかなり強敵だね」

道の脇に停車した馬車からキエダが先に路面に降り立つ。

僕は馬車の中で休んでいるエストリアたちに声をかけた。

「何かはわからないけど道の先から何か来るみたいなんだ」

「確かに少し前から何かこちらに向かってきている足音が聞こえますが」

エストリアは可愛らしい耳をゆらゆら動かしながら音の方向を探るように顔を動かす。

その後ろではヴァンとコリトコが、そろってファルシの体を枕にして眠っている。

できればヴァンにはすぐにでも起きてもらいたいのだが。

「そのことなんだけど、もしその近づいてくるのが道に入り込んだ魔獣だとしたら、ここで戦うことないかもしれない」

「そうなのですか？　私はてっきり、レスト様のお迎えにどなたかがいらっしゃったのかと思っていましたわ」

獣人の五感は僕たち人族よりも遙かに上だ。

だから僕たちが気が付くより先にすでにこちらに向かってくる存在に気が付いていたとしてもおかしくはない。

「いや。迎えに来るとしても僕の知る限り拠点には彼女たちが騎乗できるような馬はいないはずだ。それにこの音はそもそも蹄の音には聞こえない」

話をしている間も、道路に響く謎の音はどんどん大きくなっていく。

その音は馬の蹄が路面を叩く音とは思えない。

「そうですね。この音は蹄というよりはもっと何か鋭く細いものが当たるような……でも……」

「でも？」

「前方からやってくる気配からは敵意は感じませんし、それどころか何か嬉しそうな――」

獣人族の五感……いや、第六感はそんなことまで感じることができるのか。

僕がそのことに驚いていると、馬車の外からキエダの呼び声がした。

「レスト様！　見えましたぞ！」

僕は慌てて馬車の中から御者台へ戻ると、前方の暗闇に目をこらした。

天窓があるといっても、四方を壁で囲んだこの通路は遠くを見るには暗い。

なので、時々天窓の光で浮かび上がるその姿は最初何であるかわからなかった。

「なんだあれは……何か丸っこい生き物に見えるけど」

こちらに向かってくるその生き物は、遠目ではまだわかりにくい。

「ふむ。どこかで見たような」

「知っているのかキエダ！」

キエダはかつてそれなりに名の知られた冒険者だった。

世界中を巡り、様々な魔物と戦い知識も豊富だ。

本で得た知識しかない僕と違う。

「まさかとは思いましたが」

キエダはそう口にすると、手にしていたショートソードを腰に戻した。

どうやら彼は向かってくるものの正体に気が付いたらしい。

武器を仕舞ったということは、その相手は危険な存在ではないと確信したということだ。

その間にも謎の球体はどんどんこちらに近づいてくる。

おかげで僕の目でもそれが何なのかわかってきた。

いや、わかってきたというのは語弊があるかもしれない。

「なんだあれ」

まん丸のその生き物らしき物体は、何やらふわふわした毛らしきものに覆われているように見える。

わかりやすくいえば毛玉だ。

その毛玉が転がってきているわけではなく、よく見ると下半身らしき部分から二本の細い足が突き出ていて、せわしなく交互に足を前に進めている。

その細い足には三本ほどの長い指と、その先に爪が生えていて、その爪が地面を蹴る度に『カッ』という音を響かせていた。

「やはり、あれはコーカ鳥ですな」

「コーカ鳥って拠点にいるあのコーカ鳥か？」

「ですぞ。しかも背中に人の姿がありますな……あれは」

キエダの言葉に僕はコーカ鳥らしき生き物の背中に目をこらした。

すると、何やらもぞもぞと動く人の姿が見えて――

「まさか！　アグニっ!?」

その毛玉の中から『ぷはぁっ』と顔を上げた人物は、コーカ鳥のもふもふな毛に執着するあまり嫌われ避けられまくっていたはずのアグニだったのである。

＊　＊　＊

「……レスト様、お迎えに上がりました」

コーカ鳥の背中からスカートをふわりとさせながら優雅に降り立ったのは間違いなくアグニだった。

その彼女の横にはどう見てもコーカ鳥にしか見えない魔獣が寄り添っている。

いや、間違いなくコーカ鳥なのだが、拠点を出た時に見た親鳥よりは体が小さいように思える。

「本当にアグニなのか？」

「……？」

「レスト様、疑いたくなる気持ちはわかりますが、間違いなくアグニですぞ」

あれほどコーカ鳥に嫌われていた……というより避けられていたアグニ。

彼女がそのコーカ鳥の背中に乗って現れたことがどうしても信じられない。

「キエダが言うなら間違いないんだろうけど、そのコーカ鳥はどうしたんだ？」

「……アレクトールですか？」

「アレク――なんだって？」

「……アレクトール。この子の名前です。私が付けた」

名前まで付けているとは。

『ぴぴぃ！』

「……アレクトール、領主様に挨拶」

『コケコケッ』

アグニに促されたコーカ鳥が、僕に向けてまん丸な体を動かし挨拶らしき動きをした。

そしてそのままアグニに擦り寄ると、彼女に「……よくできました」と頭を撫でられご満悦の模様。

「アグニ、いったいいつの間にコーカ鳥――アレクトールと仲良くなったのですかな？」

「そうだよ。僕たちが出る前はあんなに嫌われて……」

「……アグニは嫌われてなんていない……ただ皆、恥ずかしがってただけ」

いや、それは絶対嘘だ。

現にコリトコもコーカ鳥の雛たちは隙あらば抱きつこうとしてくるアグニを怖がっていると聞いている。

とは言っても目の前でアグニにコーカ鳥が懐いていることも確かだ。

「いったい僕が留守の間に何があったんだ……」

「わかりませんが、このコーカ鳥とアグニの間に何かがあったことは確かでしょうな。しかしアグニから詳しく聞き出すのは難しそうですぞ」

「だな。帰ってフェイルにでも聞くしかないな」

僕とキエダがこそこそと話をしていると――

「あっ、アグニ姉ちゃんだぁ」

「やっぱりアグニの声でしたか」

馬車からコリトコとテリーヌが様子を見るために顔を出した。

二人の顔は少しまだ寝ぼけているようで、声も間延びしている。

テリーヌは昨晩は夜の監視役をしていたせいで馬車の中で眠っていたから仕方がない。

そして二人はファルシの背にまたがって馬車の外へ飛び降りた。

続いてヴァンとエストリアが同じように馬車を出る。

一応馬車には乗降するための梯子があるのだけれど、彼らには必要ないらしい。

「君、アレクトールって名前を付けてもらったんだ」

『ぴぴぃー』

「良かったね。やっぱりみんなあの場所が気に入ったんだ」

コリトコはファルシの背から降りて僕の横を通り過ぎると、そのままコーカ鳥に抱きついて話し出す。

その一人と一匹の会話を聞いて思い出した。

コーカ鳥は安心できる住み処を手に入れると一気に成長するとコリトコは言っていた。

つまり、やはりこのコーカ鳥はあの小さな雛が短期間で成長した姿なのだろう。

「かわいらしい鳥さんですね」

「そうですね。コーカ鳥という魔獣らしいのです」

「コーカ鳥ですか。初めて聞く名前ですわ」

テリーヌはファルシの背から降りると、不思議そうな顔でコーカ鳥を見つめるエストリアとヴァンに説明をする。

「丸々太って美味そうだな」

それを聞きながら、ヴァンが不穏なことを口にする。

もしかして食べるつもりなのだろうか。

コリトコの話によれば昔はハーフエルフたちも食肉としてコーカ鳥を狩って食べていたらしい。

しかしコーカ鳥はコカトリスの亜種だ。

一見弱そうに見えてもかなりの強さの魔獣であって、一羽狩るだけでも多大な労力と被害が出た。やがてその卵を得るために飼育したほうが良いことに気が付いた彼らは、コーカ鳥の肉を食べることを止めた。

たしかにファルシと戦っていた母鳥はかなり強力な攻撃を放っていたし、僕のクリエイトでもなければ簡単に捕まえることはできなかっただろう。

「ヴァン、あれは食用じゃないから襲いかからないでくれよ」

「そうなのか？　あんなに美味そうなのに」

残念そうに髭をしならせたヴァンに、テリーヌは微笑を浮かべ——

「その代わり拠点に戻ったら美味いものを用意いたしますわ」

と言った。

「うふふ。ヴァン、レスト様を困らせちゃいけませんよ」

「困らせるつもりはなかったんだけどな。まぁ、エルフの所で喰った料理も美味かったし期待しておくよ」

料理というほどのものではなかったとは思うが、空腹で倒れたヴァンにはご馳走だったのだろう。

というか実はあの時テリーヌが作ったものはアグニがある程度下準備しておいたもので、テリーヌはそれを煮ただけだと言うことは今は言わないでおこう。

まぁ、どうせ拠点に戻ればバレることではあるのだけれど。

「はい。コーカ鳥の卵を使った卵料理をご馳走させていただきますね」

「あの鳥の卵か。美味いのか？」

「ええ、とても。レスト様にも大変好評でした」

「へー、それは楽しみだな」

テリーヌは唯一誰にも負けない卵料理の話だけをして誤魔化している。

たしかにテリーヌの卵料理は美味かった。

なぜかそれ以外の料理は微妙なのに。

「レスト様、そろそろそちらのほうを紹介していただけますでしょうか？」

テリーヌの卵料理の味を思い出していると、エストリアがそう言った。

すっかりアグニのことを客人に紹介するのを忘れていたことに気が付いた僕は、アグニを呼ぶとヴァンとエストリアに紹介する。

「彼女の名前はアグニ。僕の臣下の一人で主に料理や家事を担当してくれている」

「……アグニです。レスト様のもとで働かせていただいております」

アグニが深く頭を下げると、エストリアは優雅にカーテシーをしながら自己紹介で返す。

「私の名前はエストリア・イオルフと申します。こちらは弟のヴァン。ヴァン、挨拶を」

「おう。俺はヴァンだ。よろしく」

「……エストリア様にヴァン様……よろしくお願いいたします」

お互いの自己紹介が終わったところで僕は全員を呼び集めた。

「こんな所で長話をしていてもしょうがないし、続きは拠点に帰ってからにしようと思う」

「そうですな」

「わかりました。それでは私たちは馬車に戻りますわ。ヴァン、行きますわよ」

「はいよ。卵料理楽しみだなぁ」

「うふふ。ヴァン様ったら」

「……卵料理？」

馬車に戻る三人の会話を耳にして首をひねるアグニ。

そんな彼女にいつの間にかファルシの背にまたがったコリトコが近寄る。

「あっちはファルシに乗ってアグニ姉ちゃんと一緒に行くよ！」

『わうっ』

「……そうですか。では自分とアレクトールで先導します」

『ぴぴぴぃ』

アグニはそう答えるとアレクトールの背に軽く飛び乗ると、拠点の方向へ頭を向けさせた。

「それじゃあ頼んだよ」

「後に付いていきますぞ」

僕とキエダはアグニとコリトコにそう告げると御者席へ乗り込む。

アグニはそれを確認するとゆっくりとコーカ鳥を進ませ始めたのだった。

＊　＊　＊

「お待たせしました」

キッチンから料理を載せたカートを押してテリーヌが食堂へやってくる。

カートの上には黄色い卵料理が湯気を立てて並んでいるようだ。

今夜は二人の歓迎会も兼ねて、この地に持ち込んだ食材を存分に使った料理を振る舞うことにした。

王都にいた頃と違い、新鮮な野菜や果物、肉や魚は使えないが、保存が利く食材だけでもアグニの手にかかれば十分豪華な料理を作ることができる。

食材についてはレッサーエルフの里で、この辺りで採れる植物や動物、魚などの情報はもらっているので、近いうちに狩りと採取にも出る予定だが、今のところはありものでがまんするしかない。

本来なら前菜からコース料理のように出していく予定だったが、ヴァンが『形式張った飯は美味い飯でも不味くなっちまう』という言葉でいつものように全部の品物をできた側から並べるものに変更したのだ。

そんなディナーの最初の料理がテリーヌの卵料理であった。

「今日の卵料理は何かな?」

テリーヌが今まで作ってくれた卵料理はスクランブルエッグにオムレツ、後は目玉焼き。

コーカ鳥の卵は僕の拳二つ分の大きさがあるので、普通の目玉焼きでもかなりの迫力があるうえに調理が難しい。

だけれど、テリーヌはそんな難しい調理も鼻歌交じりで簡単に仕上げる。

フォークを刺すと半固形状になった黄身がゆっくりとろけ出す絶妙な火加減は、アグニですら未だにマスターできていない技だった。

「本日はコーブの出汁を使ったコーブ卵焼きです」

「コーブ？　初めて聞く名前ですわ」

「海の中に生える草のようなもので、海藻と呼ばれる植物の一種でして海の養分をたっぷり吸い込んで育つのです。大きな葉っぱのような部分を天日で干したものをゆでることで美味しいスープができるのですよ」

「海藻ですか。私たちの国では魚は食べますけど、海藻は食材として売っているのを見たことはないですわね」

この島に来る途中に立ち寄った漁港でのことだ。

アグニが食材の補充がしたいというのである程度のお金を渡し、補給を任せることにした。

その時に保存が利く食材の一つとして買ってきたのがコーブの日干しだった。

「うんちくはいいからよ。もう喰って良いか？」

ヴァンが目の前に置かれた卵焼きを、よだれを垂らさんばかりに見つめながらテリーヌに尋ねる。

「ヴァン。はしたないですよ」

「でもよ、もう腹が減って腹が減って仕方ねぇところに、こんなに美味しそうな匂いをさせたモンが出てきたら我慢できねぇだろ？」

確かに目の前の卵焼きからはほんのりとした湯気に押されるようにコーブの優しい香りが伝わって

くる。

「よろしいですかレスト様？」

「ああ、かまわないよ」

「ありがてぇ。いただくぜ」

テリーヌにそう言葉を返すと、待っていましたとばかりにヴァンがフォークとナイフを手に持つとナイフで器用に卵焼きを切っていく。

なんだかんだ言っても彼も皇族の一人。

それなりに綺麗な所作なのが乱暴な口調から想像できない。

「中に何か入ってやがるな」

「それは出汁を取った後のコーブに香辛料で薄く味付けをしたものなんです」

しかしヴァンはテリーヌの答えを待たず、切り分けた卵焼きにフォークを突き刺すと、鋭い牙の並ぶ口を開け放り込む。

そしてゆっくりと味わうように何度も顎を動かし――

「まんふぇほれぇふむめぇ!!」

まだ口の中に卵焼きが残っているのに、突然大きな声を上げると、皿の上の卵焼きを次から次へと口の中に放り込んでいく。

「ふはっふはっ」

「どうやらお気に召したようで安心しました。まだお替わりもありますので取ってきますね」

その食べっぷりに安心したらしいテリーヌは、そう言うと厨房のほうへ戻っていく。

その背中を見送りつつ僕は、弟の無作法さに少し恥ずかしそうにしているエストリアに微笑んで
「さぁ、エストリアさんもどうぞ。僕も食べますから」と言った。

「そうですね。せっかくのおもてなしを無下にしてしまうところでした。叱るのは後にして先に食事をいただきますわね」

「テリーヌも嬉しそうだったし、叱るのもお手柔らかに。それにこれからが今日の晩餐の本番だからね。期待してくれて良いよ」

エストリアが『叱る』と口にした瞬間に固まって顔を青くしたヴァンを見ながら、僕はそう口にしながらナイフとフォークを手に取ったのだった。

＊　＊　＊

あれからアグニの料理が運ばれて、キエダやファルシたちも同じように席について食事を始めた。

いつもは全員揃ってから食べ始めるのだけれど、今日は身分を捨てたと言ってはいるが皇族の二人を招待した宴である。

それもあって家臣の皆は僕と二人の食事が終わってから食べると言い出したのだ。

しかしアグニの料理が運ばれてからも席に着こうとしない家臣たちを見て、エストリアが『ここでは皆で一緒に食事をすると聞きましたけれど』と疑問を口にして、なし崩し的に全員で食卓を囲むこ

とになったのである。

どうやら拠点へ帰る道すがら、僕が彼女に語った家臣たちとの話を覚えていたらしい。

元の身分では一番高いであろう元姫君にそう言われては、遠慮していた家臣たちも従わざるをえず。

最初こそ緊張していた彼らも、やがて宴の盛り上がりと共にお互いの身分の壁がなくなっていくように会話が弾んでいった。

といってももっぱら自由に振る舞っていたのはフェイルだけで、他の三人はいつも通り節度を守った態度ではあったのだけれど。

「ふふっ、フェイルさんはお可愛らしい方ですね」

「えへへっ、エストリア様もすっごく可愛いのですぅ」

しかし流石に調子に乗りすぎだと思ったのだろう。

隣に座ったアグニがフェイルの襟首を捕まえると「……フェイル、少し話がある」と言って引きずるように食堂を出て行った。

フェイルが目に余る粗相をした時に行われるアグニの説教タイムだ。

「失礼したね」

「かまいませんよ。私たちはすでに皇族でもなんでもないのですから」

「そう言ってもらえると助かるよ。メイドになって日も浅いから時々王都でも位の高い人に何かやらかすんじゃないかとヒヤヒヤしてたもんだ」

「王国のことはあまり知りませんけれど、我が国——もう私は国を捨てた身ですからそう言うのも違うかもしれませんが、ガウラウ帝国に比べればきちんとしたしきたりがあるのはわかりますわ」

彼女の言葉が嘘でないのはその顔を見ればわかる。

確かにガウラウ帝国は臣民と皇族の壁があまりないという話は聞いていた。

それがどの程度なのかはわからないけれど、もしかしたら僕が思っている以上なのかもしれない。

「気にしなくて良いぜ。うちの国は家臣だろうが町民だろうが、同じ所にいたら全員同じように一緒に飯食って飲んで騒いでするのが普通だからよ」

大きな口を開け、テリーヌの卵焼きを丸呑みにしてからヴァンが口を挟む。

かなりの量の卵焼きを食べ続けているが、彼の胃袋はまだまだ余裕そうで、テリーヌにまたお替わりを頼んでいる。

その度に食事を中断させられる彼女だったけれど、自分の料理をそれほどまでに気に入ってくれていることが嬉しいらしく、お替わりを頼まれる度に嬉々として厨房へ向かっていく。

最初のほうこそテリーヌを気遣ってヴァンを諌めていたエストリアも、テリーヌの表情を見てやがて何も言わなくなっていた。

「はぁ。テリーヌさんが嬉しそうだから良いですが、あまり食べ過ぎると昔みたいにお腹が痛くなって泣く羽目になりますわよ」

「大丈夫だって。俺だってもう大人なんだから、この程度で腹痛になんてなるもんか」

「だったら良いのですけど。迷惑だけはかけないようにしてくださいね」

「わかってるよ。心配性だな姉ちゃんは」

大口を開けて笑うヴァン。

だが翌日エストリアの心配した通り激しい腹痛に襲われることになるのだが――

その時の僕らは、まだそのことを知るよしもなく宴は続いていく。

しばらくしてフェイルがアグニの説教を受けて半泣きで戻ってきたころ、遂に在庫のコーカ鳥の卵を全て使い果たし、二人の歓迎会は落ち着きを取り戻していくと、ようやく落ち着いて話ができる状況がやって来た。

僕はウデラウ村や秘密の入り江でエストリアとヴァンから聞いた話を、彼女たちの補足を加えつつ家臣たちに詳しく話すことにする。

その話の最中エストリアが政略結婚をさせられそうになったという辺りで、珍しくフェイルが怒り出してテリーヌがなだめるような一幕もあった。

僕や他の家臣にとって貴族同士や国同士の政略結婚は何度も目にしてきたせいで当たり前のことという認識があったのだけれど、フェイルはまだそういったことに慣れていない。

詳しくは知らないが、現に僕の亡き母も政略結婚のような形で嫁いできたと聞いている。

僕たちは知らずの内に『貴族の慣習』を当たり前のものだと思い込んでいたのかもしれないと少し反省させられ言葉が詰まった。

だけれどそんなフェイルと同じ感覚を持っていたのが、エストリアの逃亡劇を実行したヴァンだった。

なので最終的にはフェイルとヴァンは意気投合してかなり仲良くなっていた。

一通りエストリアたちがこの島に来るまでの経緯を話し終え、次はこちらのことを彼女たちに話す番である。

「大体の話は村と馬車の中で話した通りなんだけど――」

そうして僕がどうしてこの島の領主になることになったのかを話しだしたのだった。

＊　＊　＊

エストリアとヴァンが拠点にやって来た夕食時。

僕が貴族のしがらみに辟易して、色々と手を打ってわざと大貴族家の跡取りの座から降り、結果的にこの孤島まで追放同然にやって来たことに対して、特にヴァンは理解を示してくれた。

彼も皇家の決まりを嫌ってエストリアと国を捨てて逃げてきたため、同じような立場だと思ったらしい。

といっても僕は貴族の跡取りの座からは逃げたが、国からは逃げたわけでもないのだが。

逆に言えば僕には彼のような全てを捨てる決意は持てなかったという話ではある。

そんな違いを口にして水を差すのも気が引けるので最後まで曖昧な笑顔で誤魔化していたけれど、どうやらエストリアには気が付かれていたようで、ヴァンの言葉を遮って話を変えてくれたりもした。

他にもアグニが、あれだけ嫌われていたコーカ鳥になぜ好かれたのかという話も聞いた。

最初アグニ当人から聞こうとしたのだが、コーカ鳥――アレクトールの羽毛がどれだけ柔らかいのかとか、その羽毛に包まれてお昼寝するのがどれだけ至高なのかなど全く以て話の目的地にたどり着けそうになく、結局フェイルに話を聞くことになった。

僕たちが出発して暫くの間、アグニがコーカ鳥を襲撃する度にフェイルがその両方を押さえるのにどれだけ苦労したのかという話が始まり。

アグニを覗き穴を開けた木箱に封印する辺りでは、その場の全員が少し引いていたのも仕方がない。

結局はコーカ鳥の雛の中に奇特な趣味を持つ者がいて、その雛のおかげでアグニは他の雛たちから避けられることはあまりなくなったという。

まぁ、あくまで『あまり』であって、今でもアグニと積極的に遊ぶのはその奇特な雛であったアレクトールだけではあるらしいのだが。

「アレクトールさんは余程アグニさんを気に入ってらっしゃるのですね」

「珍しいもの見たさかもしれない」

「俺もあの鳥に乗ってみてぇぜ」

「ヴァンは自分の足で走ったほうが速いでしょう?」

そんな風に僕たちはお互いの話を語り合った。

やがて夜も更け、今日は解散という段になって気が付いた。

エストリアたちの泊まる部屋の用意がまだだということに。

「でしたら私、テリーヌさんの部屋でご一緒させていただいてもよろしいですか?」

「私はかまいませんけど……」

エストリアの言葉にテリーヌは頷きながらも僕のほうに目を向ける。

もちろん僕は客人である彼女たちにそんなことはさせないつもりなので首を振って返答した。

「流石にお客様をそんな扱いにするわけにはいかないよ。だから今から部屋を用意するから……そうだな、エストリアさんは一旦お風呂にでも入ってもらおうかな」

「お風呂……ですか？　この領主館にお風呂があるのですか⁉」

「ああ。この館にはお風呂がある。しかも結構立派なものがね」

目を煌めかせ聞き返すエストリアに僕がそう即答すると、彼女は急にそわそわと辺りをうかがい始める。

お風呂の場所を探しているのだろう。

「テリーヌ、案内お願いできる？」

「はい。エストリア様、こちらへ」

「嬉しいですわ。私、お風呂が大好きなもので、少し興奮してしまいました」

照れながらそう口にするエストリアに僕は小さく手を振る。

「無理して作った甲斐があったよ」

「それではレスト様、案内して参ります」

テリーヌはそうお辞儀をしてからエストリアを導いて食堂の出口に向かう。

その背中に僕は続けて声をかける。

「後、せっかくだから一緒に入ってくるといい。その間にヴァンの部屋を今から先に作っておくから」

「一緒に入れるほど大きいのですか？　素敵ですわ」

「それではお背中をお流しいたします。行きましょうエストリア様」

二人が連れ添って食堂を出て行くと、食堂の中には僕とヴァン、そしてキエダの三人だけが残された。

アグニとフェイルは食事の後片付けの最中でここにはいない。

だが、時々キッチンから食器の割れる音とフェイルの悲鳴、それに続けてアグニの静かな怒りに満ちた声が聞こえてくる。

僕は明日しなくてはならないであろう食器の修理を考え頭を抱えたくなったが、今はそれよりも客人の部屋を用意することが先だ。

「というわけでヴァン、まずは君の部屋を用意するから付いてきてくれ」

「俺の部屋？　俺なら別にここで寝てもかまわないが」

「そういうわけにはいかない。キエダ、二人の部屋は二階の表側にしようと思うんだけどどうかな？」

「それで良いと思います。裏側は森しか見えませんからな」

キエダと僕の意見が一致したところで僕はヴァンを連れて三人で階段を上った。

二階は現在フェイルの部屋以外は空き部屋になっている。

それもこれも、こういった客人用の部屋が必要になった時のために用意してあったわけで。

「フェイルが左側だから右の部屋が空いてるはずだな」

「はい、こちらです」

僕より先にキエダが階段を上って右側の部屋の扉を開く。

部屋の中はベッドどころか洋服棚も何もないまっさらの状態であった。

「おいおい、何もねぇじゃねぇか。まぁ俺はこれでもかまわねぇけど」

「慌てるなよヴァン。僕は『今から作る』って言っただろ」

「作る……って、ああ、なるほどな。お前のあの力か」

納得した顔のヴァンに、僕は部屋の内装の希望をいくつか聞いてみる。

彼の希望は単純なもので、ベッドがあれば後は何もいらないというだけであった。

「そういうのが一番困るんだよな。「何を食べたい?」って聞いたら「なんでもいい」って答えられたようなものじゃないか」

「んなこと言われてもよぉ。俺は本当にそれだけでかまわねぇんだよ。特に何が欲しいって思いつかねぇし、後は任せるよ」

「わかったよ。それじゃあ適当に作るから後で文句言うなよ」

「言わねぇよ。名にかけて誓うぜ」

「そこまではいらないよ。それじゃあ始めるからキエダとヴァンは一旦外に出てて」

僕はそう言って二人が部屋の外に出たのを確認してから手のひらを部屋の中央に向けて目を閉じる。

そして頭の中で部屋の完成図を思い浮かべ、その姿をどんどん固めていく。

「こんなものかな。それじゃあいくよ」

「待ってました！　レストの技をじっくり見るのは初めてだから楽しみだぜ」

「期待に添えると良いけど――クリエイト!!」

苦笑いを返しながら、せっかくなので僕は特に言わなくても良い台詞と振りをつけてスキルを発動させたのだった。

＊　＊　＊

「姉ちゃん、見てくれよ！」

「そんなに慌てて、何かありましたの？」

ヴァンの部屋が完成して僕が一休みしていると、興奮した様子で先ほど出て行ったばかりのヴァンがエストリアを連れて帰ってきたようだ。

「いったい何がそんなに……」

「いいからいいから。姉ちゃんも見たらびっくりすると思うぜ」

戸惑いながら湯上がりでしっとりした耳をふるふると震わせたエストリアが扉から部屋の中を窺うように顔を覗かせる。

バスローブを纏っただけのその姿に、僕は僅かに動揺してしまう。

どうやら風呂から上がって髪を乾かす間もなく連れてこられたようで、僕は慌てて立ちあがるとタ

オルをクリエイトした。

「ありがとうございます」

僕がタオルを手渡すと、彼女はそうお礼を口にして受け取ったタオルで軽く頭を拭いた後耳と髪を軽く包み込むように巻く。

頭に犬耳が付いている以外は普通の女の子にしか見えないが、尻尾とかも生えているのだろうか。

後でテリーヌにそれとなく尋ねてみよう。

そんなことを考えていると髪をタオルで巻き終わったエストリアと目が合ってしまう。

「新しいタオルが必要なら作るけど？」

「後でまたお風呂できちんと乾かしますので、今はこれで大丈夫ですわ」

応え微笑む彼女の顔はほんのりと赤い。

照れているのか風呂上がりで火照っているだけなのか僕には判断は付かない。

「これ見てくれよ。この部屋の中のもの、全部レストがあっという間に作ったんだぜ！　あれも、これも、それもだ」

一方ヴァンは悪びれた様子もなく部屋の中に入ってくると、部屋中に僕がクリエイトして設置した家具を一つ一つ指さしながら説明を始めた。

エストリアはヴァンに近寄ると、彼の話をしょうがないなといった表情で聞き続けた。

あらかたヴァンが話し終えたところで僕は二人に声をかける。

「ヴァン、エストリアが風邪を引いてしまうかもしれないからその辺にして続きは明日にしたらどうだ？」

「私でしたらこの程度では風邪を引くことはありませんよ。こう見えて獣人族ですので」

獣人族は風邪を引かない。

というわけではないというのは後で詳しく聞いて知った。

ただ僕らと違い、風邪や病気に対する耐性が高いというだけの話である。

この島の気候は基本的に温暖であるため大丈夫だが、流石の獣人族でも寒い地方で水に濡れたままいれば風邪も引く。

ただ彼女の言うとおり、この島ではそこまで心配することはないらしい。

「せっかくだから姉ちゃんの前で本棚とか作ってみせてやってくんないか？　きっと驚くと思うぜ」

「でも、とりあえず次はエストリアの部屋を用意するから、僕のスキルを見せるのはその時でも良いじゃないか？」

「うふふ。でもレスト様の力はもう何度も見させていただいておりますわよ。先ほどのタオルもですし、入り江から戻る時にも階段を作ったりしてらっしゃったでしょう？」

「それはそうだけどよ。なんつーかこういう場所で俺の望んだとおりのものをポンポンと目の前で作り出されるってのは、また違うんだよなぁ」

エストリアは「そんなものなのですか？」と首を傾げて僕のほうに目を向ける。

「ヴァンは入り江から戻る時、一人で先に登っていったから、僕が階段とかを『クリエイト』しているのをちゃんと見てなかったからかもな」

「そういえばそうですわね」

そんな話をしていると、部屋の外からテリーヌがやってきた。

その両手にはエストリアの着替えらしき服が抱えられている。

「エストリア様、ここにいらしたのですね」

「ごめんなさいテリーヌ。ヴァンがどうしても付いてきてほしいって無理矢理連れてこられたの」

話を聞くと風呂の後、テリーヌが用意していた着替えがあまりに奇抜だったため、洗濯物を取りに来たアグニに「……これじゃだめ」と言われ、フェイルを押しつけられて二人で着替えを選んでいたらしい。

その間アグニから無難なバスローブをエストリアは渡され、暫く脱衣所で体を乾かしていたところにヴァンが襲来したとのこと。

「どうしてテリーヌのセンスで服を選ばせたんだ……」

「そんな酷い。でも私も自覚はしているんです」

テリーヌが自分のセンスの悪さを自覚していたということに驚く。

だがそうか。

自覚していなければ時々センスだけはあるフェイルに服を選んでもらうようなことをするわけがないのか。

「それじゃあエストリア。君の部屋はこの部屋の向かいにしようと思うんだけどいいかな？」

「はい。何処でもかまいませんわ」

「それじゃあ君が着替えてくるまでその部屋で待ってるよ」

僕はそう告げるとヴァンの部屋を出て、向かいの部屋の扉を開ける。

部屋の中はこちらもやはり家具も何も置かれていないさっぱりとしたものだった。

「わかりました。急いで着替えてきますね」

「慌てなくて良いからね」

どうやら二階のフェイルの部屋を使って着替えることにしたらしく、二人はそのままフェイルの部屋に入っていった。

「ヴァン。君も風呂に行ってきたらどうだい？」

「そうだな」

「タオルと着替えは用意しておくよ」

「ありがとよ。じゃあ行ってくるぜ」

ヴァンは部屋から飛び出すと、階段を飛び降りるように一階へ向かった。

僕はそれを見送るとキエダに、僕の服からヴァンが着られそうなものを見繕って脱衣所に持って行くようにと頼む。

「たしかにレスト様とヴァン殿の背格好は近いですから大丈夫そうですな」

「そのうちエストリアとヴァンの服は新しくクリエイトするけど、サイズもわからないし今日のところは有りもので我慢してもらうさ」

それだけ答えると僕はキエダに軽く手を振って、何もない部屋に入っていくのだった。

＊　＊　＊

エストリアが着替えを終え、ヴァンの時と同じように今度は彼女の希望に合わせて部屋を作り上げた。

といっても途中から調子に乗って様々な注文をしてきたヴァンと違い、エストリアは控えめにシンプルな寝室を求めた。

僕としては先のことも考えて彼女には彼女らしい家具や装飾のある部屋にしたかったのだが、自分はもう王族ではないからと断られてしまったのである。

夕食の後、入浴や部屋作りをしているうちに夜も更けてきていた。

といってもいつもならまだ寝るような時間ではない。

だけれどウデラウ村から一日半ほどの旅だけでなく、獣人の国からの逃避行で体も精神的にも疲れが溜まっているだろうと僕は二人に早めに休むように伝えた。

元気いっぱいのヴァンは最初こそ自分は大丈夫だと言い張ったが、一旦ベッドに横になった途端にいびきを掻いて眠ってしまった。

「それではおやすみなさいレスト様、皆様」

「ああ。お休み」

「お休みなさいませエストリア様」

弟の様子を苦笑交じりに見ていたエストリアも、ヴァンのその姿に自分の疲れを思い出したのだろう、少し眠そうな表情を浮かべ自分の部屋に戻っていく。

「あっちもお風呂入ったし、ファルシが待ってるから厩舎の部屋に戻って寝るぅ」

彼女たちの様子に釣られて、風呂に入るために領主館までやって来ていたコリトコも大あくびをして、コーカ鳥の厩舎へ戻ると言った。

いつもなら領主館で寝泊まりするのだが、暫くコーカ鳥たちと離れていたから今日は一緒に寝たいらしい。

「気をつけてな」

「大丈夫。あっちにはファルシがいるから」

「……送る」

領主館を出ていくコリトコの後をアグニがついて行くのを見送った僕たちは、ウデラウ村での出来事を記録したり入浴したり、大量の破壊された食器を修復したりしながら過ごし、それぞれ用事が終わると眠りについた。

「さて、明日はエストリアたちに拠点を見てもらって意見を聞かないとな」

僕はベッドに横になると枕元の魔道具の光を消し目を閉じた。

すでに屋敷の中からは人が動く音も消え、聞こえるのは木々の葉が風に吹かれ擦れ合う音と、時々聞こえる魔獣の鳴き声だけ。

調査団の資料によれば、現在拠点を囲んでいる壁を越えてまで侵入できる魔獣はこの辺りにはいないはずである。

それでも僅かばかりの不安は浮かぶが、コーカ鳥やファルシを取り押さえた時のように、油断さえしなければ負けることはないはずと心を落ち着かせ。

やがて僕も深い眠りに落ちていった――

だが、翌日。

まだ日も出るか出ないかの時刻。

突然屋敷中にエストリアの悲鳴が響き渡ったのであった。

「ああっ、誰か！　誰か助けてください!!」

日頃からそれなりに早起きな僕は、その声に目を覚ます。

「ヴァンが！　ヴァンが大変なんです!!」

続いて聞こえた声は確かに二階からのもので、扉越しでもはっきりと言葉の内容は理解できた。

「いったい何が起こったんだ」

もしかして昨日寝る前に考えていた『魔獣の襲来』でもあったのだろうか。

いくら拠点を丈夫で高い塀で囲んでいても、空を飛ぶ魔獣にはなんの効果もない。

だがウデラウ村で聞いた話や報告書では、なぜかこの島にいる飛行する魔獣は外周部の山の上あたりから降りてこないと聞いている。

「レスト様」

ベッドから体を起こし、履き物に足を差し込んだところでキエダの声が扉から聞こえた。

「キエダは先に行ってくれ。僕もすぐに行く」

「わかりました」

扉の前からキエダが走り去る音が聞こえる。

日頃の彼なら扉越しに聞こえるほど音を立てるなどということはないが、彼もかなり動揺しているのかもしれない。

「僕も急がないと」

慌てているせいでなかなか履き物を上手く履けず手間取ってしまった僕は、慌てて部屋を飛び出し二階へ向かう。

階段の下ではアグニが二階を心配そうに見上げている。

たぶん彼女はキエダかテリーヌの指示で、もし一階でも何かが起こるかもしれないということで待機役を任せされたに違いない。

「アグニ。他のみんなは?」

「……すでに二階です」

アグニの返答を聞きながら階段を一段飛びで駆け上がる。

そして踊り場から二階の廊下へ出ると、エストリアの部屋の前にキエダたちが集まっているのが目に入った。

「キエダ！　何があった?」

駆け寄りながらそう声をかけると、奥からエストリアが返事した。

「レスト様。突然ヴァンが……ヴァンが苦しそうな声を上げて私の部屋の扉を叩いて」

何事かとエストリアが扉を開けると、ヴァンが廊下で倒れていたのだという。

「どうやら気を失っているようですな。なので早速テリーヌに診察をしてもらっております」

「ああ、ヴァン。こんなに苦しそうなヴァンなんて今まで見たことはありませんわ」

「ふむ。長旅の疲れか、もしかするとこの島の疫病にでもかかって発病した……という可能性もありますな」

「まさか……スレイダ病か？　だったら今すぐ薬をクラフトして――」

僕は慌ててスレイダ病の薬をビンごとクラフトして、しゃがみ込みながらヴァンの体を診察しているテリーヌの顔の前に差し出した。

だが――

「レスト様。ヴァン様はスレイダ病ではありません」

そっと手のひらで押し返すようにビンを僕のほうへ戻したテリーヌのその声は暗い。

そのあまりの声音の重さに、僕だけでなくキエダやフェイルにも緊張が走る。

「で、ではヴァンはどうして」

「ヴァン様がこうなってしまったのは……私のせいなんです……」

テリーヌはそう言って涙をこぼす。

その涙はヴァンの体を診察するために置かれていた彼女の手のひらに落ち、流れた。

「テリーヌのせいってどういうことだ？」

「私が……私があんな卵焼きを作らなければ、ヴァン様を苦しませることはなかったのに‼」

「は？」

テリーヌの卵焼きのせいとはどういうことなのだろう。

たしかにヴァンはとんでもない量の卵焼きは食べていたが、獣人族の男子ならあのくらいは問題ないとエストリアも笑っていた。

それにヴァンが卵アレルギーという話も聞いていないし、同じ卵焼きを食べていた僕たちにはなんの影響も出ていない。

ということは卵焼きによる食中毒はあり得ないはずだ。

「どういうことだテリーヌ。いったいヴァンが苦しんでいることと卵焼きになんの関係があるんだ？」

僕の問いかけにテリーヌは涙と後悔ににじんだ顔を上げて叫ぶように答えた。

「私の卵焼きに入っていたコーブの食べ過ぎで、ヴァン様はお腹を詰まらせてしまったんです。海藻を食べる習慣のない民族は海藻を消化するのが難しいと知っていたのに！！！」

と。

＊　＊　＊

「ヴァンの様子はどうだい？」

「ええ。お腹の痛みのほうは随分落ち着いたようです。それもこれもテリーヌさんとレスト様が薬を作ってくれたおかげですわ。でも……」

領主館の一階に作った応接室で、エストリアは続く言葉を言い辛そうに僕から目線をそらす。

彼女が何を言いたいのか察した僕は、彼女が口を開く前に先んじて告げる。

「仕方ないことだったんだ。命には代えられないから、ヴァンもわかってくれるさ」

「そうでしょうか。でもあれからずっと口をきいてくれないのです」

「まぁ、僕も同じ立場だったらすぐにはいつも通りにはできないかもしれないし、時間が解決してくれるよ」

苦笑いを浮かべながらエストリアに慰めの言葉をかける。

だけれど彼女の沈んだ表情は変わらない。

「本当なら私がこの手でやるべきでしたのに」

「テリーヌもかなり責任を感じていたから。それにアレの使い方は他に誰も知らなかったんだから仕方ないさ」

「ですが」

「テリーヌも言ってたろ。使い方を間違うと危険だって」

そう。

あの後僕らはテリーヌのスキル『メディカル』によって判明した治療法をヴァンに施した。

スレイダ病の時と同じく、必要な素材は医務室と僕の素材倉庫の中身で揃ったのは運が良かっただろう。

もし素材が足りなくて薬が作れなければ命に関わっていた可能性もあった。

僕はすぐにテリーヌの指示通り薬をクラフトした。

その薬は、本来海藻を食べない民族でも海藻を消化できる酵素と呼ばれるものを体内で作り出せるようにするものらしい。

念のため少量をエストリアに飲んでもらった後、僕たちはヴァンの治療に取りかかることにした。

といっても意識を失ったヴァンに飲み薬を飲ませるのは難しい。

いや、テリーヌの見立てによると、すでにヴァンが大量に食べたコーブは消化器官を一部を除いて消化されず通り過ぎた後だという。

海藻に対する消化酵素を持たない民族でも、少量であれば胃液などで溶かされ問題はなかった。

だが、ヴァンは僕が見ていた限りでもかなりの量のコーブ入り卵焼きを食べていた。

獣人族の胃腸は丈夫と聞いているが、未知の食材を……それも消化し辛いものを大量に食べるとどうなるか。

結果、彼の体の中に入ったコーブは胃を通り過ぎ腸へ進み――詰まってしまった。

「この状態では薬を経口摂取しても患部まで届くまで時間がかかりすぎます」

テリーヌはそう告げた後、僕に消化酵素薬以外にもう一つ作ってほしいものがあると言った。

すでに胃を通り過ぎ腸の奥、しかも大腸付近で詰まってしまっているらしいそれを取り除くためには薬を直に届けるのが一番だと彼女はその必要な機材の名前を口にした。

「か……浣腸機を作れって？」

「はい。レスト様なら作れますでしょう？」

僕のギフトは仕組みと設計を知っていて、素材が揃っていればどんなものでも『クラフト』できる。

そして初めて作るものより、そのものを作ったことがあるか近しいものを作った経験があるほど完成度の高いものを作ることが可能だ。

つまり逆に言えば仕組みや実物を知らなければクラフトするのにかなり苦労するということで。

「テリーヌは僕が『浣腸機』を作ったことがあると思ってるの？」

「いいえ。ですが注射器は以前作ろうとしていらっしゃいましたから。仕組みとしては同じようなものですから可能だと思います」

それはコリトコが運び込まれ、元気になった後だ。

王都からこの島に持ってこられた医療器具は必要最低限のものしかないことに危機感を覚えた僕は、もしもの時に必要になりそうなものを先にクラフトしておこうと決めたのだった。

そして医療に詳しいテリーヌやアグニの助言のもとで、彼女たちが必要だというものをクラフトした。

しかし医療器具というのはなかなか難しく繊細で、おかしなものをクラフトしてしまえばそれは直接患者の命に関わる。

特に注射器はかなり難易度が高く、テリーヌが求める精度の物を作り上げるのに徹夜した記憶があった。

「ぐううう」

医務室のベッドからヴァンの苦しそうな声が聞こえる。

「もう時間はありません。急がなければ最悪ヴァン様の腸が壊死してしまうかもしれないのです」

「ああ、わかった。それじゃあ図面か何かを――アグニ、描いてくれるか？」

焦りつつもテリーヌの絵の才能を思い出し、とっさに知識がありそうなアグニに任せたのは良い判断だったと思う。

僕はアグニの描いてくれた図面と、僕が知っている注射器のイメージをかけ合わせながら何個か試作品をクラフトしていく。

一つ作る度に二人からダメ出しされ修正しクラフト。

それを十数度繰り返し、ようやく浣腸機は完成した。

といってもアグニやテリーヌにとってはまだまだ普通の人に使うには危険かもしれないという出来だったが、そろそろヴァンの様子が危険な状態になってきていたのと、獣人族の強靱な体と回復力なら耐えられるとテリーヌが許可を出す。

そして、そこからがエストリアが悔やんでいる理由となる。

浣腸機を使って薬液を体内に送り込む。

そのためにはつまりヴァンのお尻に浣腸機を突っ込む必要があるわけで。

「わ、私がやります。姉ですから弟のお尻は見慣れてますし……子供の頃のですが」

最初立候補したのはエストリアだった。

だが、ここはやはり同性のほうがいいだろうと僕とキエダが名乗りを上げたのだが……。

「この浣腸機では使い方を熟知してない人が使えばお尻に後遺症をもたらす可能性があります。ですので、私しか使えませんよ」

テリーヌからそう告げられては誰も何も言えなくなった。

こと医療に関しては彼女のギフトは間違いがなく、その彼女がそう言うのならその場にいる中ではテリーヌ以外は扱えないというのは本当なのだろう。

「大丈夫ですよレスト様。私、奥様のお医者様になるために色々学んで経験も積んでいますので、こういうことをするのも実は初めてではないのです。男性……しかも獣人族の方は初めてですけど、そこはギフトが助けてくれますし」

テリーヌはそう笑うと、手伝いにキエダだけを残して僕らを医務室の外へ押し出した。

それから「おトイレの準備をお願いしますね」とアグニに告げて扉を閉めた。

それから暫くして、突然医務室の扉が壊れるような勢いで開かれた。

真っ青な顔で飛び出してきたヴァンはトイレに駆け込み長い間籠もり、ようやく出てきたかと思えば僕たちから逃げるように今度は自室に籠もってしまったのである。

その後、午前中一杯。

何度かエストリアやテリーヌが彼の部屋を訪ねたが、けんもほろろに追い返されたらしい。

「気持ちはわかる。まぁ元気そうだから、暫くすればいつものヴァンに戻るさ」

「だと良いのですけれど」

「僕が保証するよ。ただ今日すぐには無理だろうから、暫くはそっとしておいてあげたほうがいいと思うよ」

僕はそれだけ言うとソファーから立ち上がり、俯いて悩んでいるエストリアに右手を差し出した。

「だから今はできることからやっていこう」

「できること……ですか？」

「ああ。これからこの島を開発していくためにやることは山積みだからね」

ウデラウ村からの帰路の間、キエダと拠点に戻ってからやることを色々話し合った。

一応領主館を作り、魔物避けの壁を設置してコーカ島の厩舎や畑の準備はできているものの、未だにそれ以外は何も手つかずにいる。

調査団の調査書や団長の手記、それにレッサーエルフの人たちから情報は得ているものの、調査団の記録は古く、レッサーエルフたちもあまり遠出をしない種族のため村から離れたこの周辺の情報はかなり曖昧だ。

なので、周辺調査も数少ない人数で進めていかないといけない。

幸いヴァンという獣人族の強者が仲間になってくれたので、その辺りは色々と捗るはずである。

ただし、暫くは精神と体のダメージのせいで働いてもらうのは無理だろうけれど。

「さぁ、行こう」

「……私で役に立つことがあれば」

おずおずと差し出されたエストリアの手を、僕の手が迎えに行くように伸ばされ掴む。

そして優しく引いてゆっくりと立ち上がらせた。

「それじゃあ最初は――」

そのまま手を引いて応接室の出口へ向かいながら僕はエストリアに告げる。

「君たちの住む家をクラフトしようか」

＊　＊　＊

結果的に言えばエストリアが望む家は、外装も内装も簡素なものになった。

僕はせめてもう少し豪華にしないかと何度か提案したものの、彼女は意外に頑固で自分の意見を曲げることはなく。

結果的には王都でもごく平凡な国民が住むような家の内装を再現するにとどまった。

「ありがとうございますレスト様」

「でも本当にこれだけでいいのかい？　せっかくだから応接室くらいもっと豪華なソファーとか家具とかにしたほうが」

「いいえ、結構です。それにそんな応接室を作ってもらっても、皇族でも貴族でもなくなった私には使い道がありませんので。それに元々私たちの国では臣民も皇族も儀式の時以外では大して変わらない生活をしてましたので」

実際にエストリアたちがガウラウ帝国の皇族から廃嫡されたかどうかはわからないし、今は確かめる方法もない。

なので現状では彼女たちの立場は本人の言い張るような『平民』と扱うのは難しい。

ヴァンの話と僕が王都で学んだ知識で、ガウラウ帝国という国は皇族と平民の格差というものがあまりないというのは知っている。

ただそれは獣人族独特の価値観であって、僕たちには理解できないことだ。

「いつか君の国にも行ってみたいな」

「お父様……皇帝は頑固者ですけど、臣民の皆様は凄く明るくて良い人たちばかりですから、きっと楽しめると思いますよ」

エストリアたちの家の内装をクラフトし終えた僕たちは、次にエストリアの希望で鶏舎へ向かうことにした。

鶏舎では確か今はアグニとコリトコがコーカ鳥たちの世話をしているはず。

その道すがら、エストリアは何かを思い出したように語り出す。

「私も昔は鳥を飼っていまして」

「鳥を？　どんな鳥だったんだい？」

「アレクトールちゃんほど大きくはないのですけど、私の腕くらいの大きなカンコ鳥っていう種類なんですけどご存じですか？」

エストリアはそう言うと、自らの細く白い腕を僕に見せつけるように伸ばす。

「いいや。初めて聞いたよ」

カンコ鳥という名前を初めて聞いた僕は首を振って知らないことを伝える。

ただ呼称というものは国や種族によって違う場合も多い。

なので、実際は僕も知っている鳥が、帝国ではカンコ鳥と呼ばれているだけなのかもしれないけれど。

「虹色の羽のとても美しい鳥なのです。私がまだ小さかった頃に庭で怪我をして倒れているところを弟が拾ったのです」

カンコ鳥はガウラウ帝国の山奥にも少数しか生息していない珍しい鳥なのだそうだ。

美しい虹色の羽は日の光を浴びて様々な色に変わり、帝国では幸せを運んでくれる鳥として有名だったという。

しかし生息数も少なく彼女たちが住んでいた帝都で見かけることはほぼない。

エストリア自身も、本や人づての話でしか知らなかったらしい。

「ガウラウ帝国では基本的に『動物を飼う』と言うことは禁止されています」

獣人の国である帝国が、ある意味自分たちの親類に近い動物を飼わないというのはなんとなくわかる気がする。

「なので厳密に言えば『飼っていた』というのとは違って、看病していたと言ったほうが正しいでしょうか」

「それでそのカンコ鳥の怪我は治ったのかい？」

「はい。結局一年くらいかかりましたけどなんとか普通に飛べるくらいまでは」

エストリアは一年間共にしたその鳥に名前を付けようと思った。

だけれど帝国では動物を飼うことは禁止されていて、名前を付けるという行為も同じように禁忌扱いだったらしい。

「ですので私は名前とわからないようにカンコと呼ぶようにしたのです」

「帝国も色々と大変なんだな」

所変わればなんとやら。

王国であれば犬や猫、場合によっては珍しい動物を飼っている人も沢山いる。

もちろん名前を付けるなんて当たり前のことだ。

だけれどガウラウ帝国ではそれは禁忌だという。

そういった国や種族による細かな違いというのは実に面倒で、だけれど国同士の外交ではある意味一番気をつけないといけない部分である。

「でも怪我が治った以上カンコは森に返さないといけなくて、結局その少し後にカンコ鳥の生息地近くまで行くという商人におまかせしてカンコを自然に帰すことにしました」

そしてそれ以来彼女はカンコとは会っていないのだと言う。

「元気にしていると良いのですが」

「そのカンコ鳥ってそんなに長生きなのかい？」

鳥の寿命というのはよくわからないけれどそれほど長くないはずだ。

彼女の話からすると、別れてからすでにかなりの年月が過ぎているはずで。

「ええ。私が聞いた話だと百年は生きるそうですわ」

「ひゃ、百年⁉」

「といっても飼うことが禁止されているので実際のところはよくわかってないのです。生息地近くの村に伝わる伝承とか、そういったものでしかわからなくて」

ことの善し悪しは別として、動物を飼育できないということは観察・研究をすることを難しくする。なのでガウラウ帝国においては動物に関することに関しての資料がかなり少ないのだろう。

「なのでアグリさんとアレクトールのことを聞いた時は、実はとても羨ましく思いましたの」

「あはは。僕はびっくりしたけどね。なんせウデラウ村に向かう前まで、アグニはコーカ鳥にとんでもなく嫌われてたから」

「そのことのほうが驚きですわ。今はあんなに仲良くしていらっしゃるのに」

エストリアの視線の先。

話している間に辿り着いた鶏舎の庭では、何頭かのコーカ鳥の雛――いや、もうすでに母鳥と同じくらいの大きさまで成長した鳥たちが気持ちよさそうに昼寝をしていた。

その中心には、これまた至福の表情を浮かべて幸せそうに眠っているアグニの姿が見える。

「気持ちよさそうに寝てるな」

「本当に。私もあの中に混ざりたいですわ」

僕は少し呆れ気味に。

そしてエストリアは微笑ましそうにアグニたちを見ながら、コリトコに会うために鶏舎の入口へ向かった。

入口から中を覗き込むと、奥のほうでコリトコがファルシと一緒に作業をしていた。

コリトコは箒で、ファルシは自らの尻尾を使って器用に散らばった飼い葉を一カ所に掃き集めている様子を見て、隣のエストリアが小さく「かわいい」と呟いていた。

それには同意するが、子供と魔獣が働いているのにのんびりと眠りこけているアグニにはやはり後で説教せねばと考えつつ厩舎に足を踏み入れた。

「あっ、領主様、エストリア様。いらっしゃい」

入ってきた僕らに気がついたコリトコが箒を壁に立てかけ、ちょこちょこと駆け寄ってきた。

「何か用事?」

『わふん』

その後を追ってきたファルシと一緒に首を傾げ、僕たちの訪問理由を問いかける。

「実はエストリアが厩舎の中を見たいって言ってね。ほら、昨日は外からしか見せられなかったから」

「私からレスト様にお願いしましたの。コリトコくん、案内してくれますか?」

「うん、いいよ。でも鳥たちは今、ご飯を食べ終わって外で休憩してるから中にはいないんだ」

「みたいですわね」

コリトコの言うとおり厩舎の中にコーカ鳥の姿は一羽も見えない。

外で昼寝したり追いかけっこをしたりしている姿は見たけれど、まさか全員外にいるとは思わなかった。

「どうする?」

「そうですね。とりあえず中の案内をしてもらってから庭に連れてってもらっていいですか?」

エストリアは腰をかがめると、目線の高さを合わせてコリトコにそうお願いした。

「うん。良いよ」

「ありがとうございます。それではお願いしますね」

エストリアは立ち上がると、コリトコとの横にいるファルシの頭を優しく撫でてから僕に笑いかけた。

「それじゃあここから説明するね」

コリトコは元気にそう口にすると、入口に一番近い部屋から説明を始めた。

鶏舎の造りは簡単なもので、中は一本の通路を挟んで左右それぞれに十個ほどの小部屋が並んでいるだけである。

しかもその小部屋は上部に1メルほどの隙間が空いた壁で仕切られているだけで、扉も柵も何もない。

コリトコの話を聞いてウデラウ村の鶏舎と同じこういった造りに改修したわけだが、コリトコはコーカ鳥と意思疎通ができるので勝手に逃げ出したりすることはない。

むしろそんなことを心配するより、コーカ鳥が快適に暮らせるようにしたほうが産む卵の質も上がるらしい。

その卵を産む場所が入口に一番近い部屋である。

この部屋は他の部屋ふたつ分の広さがあり、床一面には飼い葉ではなく、青々とした草が敷き詰められていた。

そのせいで厩舎に入ってすぐ感じる香りは飼い葉や糞の臭いではなく、青臭い濃い自然の香りである。

どうやらコーカ鳥の母鳥はそういった草の上に卵を産む習性があるらしい。

「今日の分はもうお屋敷に持って行っちゃったからないけど、いつも朝一にここに産んであるんだ」

「私、コーカ鳥の卵というのを初めて食べさせてもらいましたが、あんなに味の濃い卵は今まで食べたことありませんでしたわ」

「僕もこの島に来るまで鶏以外の卵は食べたことなかったから驚いたよ」

テリーヌが言うには、鶏の卵には人間が生きていくために必要な栄養素が沢山つまっているらしい。

鶏の卵ですらそうなのだとすれば、それより遙かに味の濃いコーカ鳥の卵の栄養素はどれほどのものになるのだろうか。

詳しく調べてみないとわからないけれど、コーカ鳥の卵を食べ始めてから僕自身もなんだか体が軽くなったような気がするのは確かだ。

世の中には食べるだけで暫く体に特殊な効果をもたらす食べ物が存在しているというのを、元冒険者であるキエダから聞いたことがある。

もしかするとコーカ鳥の卵にも同じように何かしら特殊な効果をもたらす成分が入っているのかもしれない。

そんなことを考えているとコリトコがエストリアと共に部屋から出てきた。

そしてそのまま隣の部屋に入っていく。

こちらの部屋の中は僕が用意した乾燥した飼い葉が部屋の半分に敷き詰められていて、コーカ鳥たちはそこで夜を過ごす。

「他の部屋も大体同じような感じだけど、やっぱりみんな性格が違うんだよね」

「どのように違うのですか？」

「例えばアレクトールは好奇心旺盛で、おかしなものが好きだったからアグ姉に興味を持ったんだと思う」

変なものって、コリトコもなかなか辛辣なことを言う。

まぁ、僕らが出かける前のアグニがコーカ鳥に向ける視線や行動は確かにおかしくはあったけれども。

「他にも足先が黒い子は結構乱暴で、夜もなかなか寝てくれなかったり。突然大きく飛び上がってあっちを驚かせる子とか、いつもはおっとりしてるのに突然性格が変わったように他の子を蹴り出す子とか……」

庭にいるコーカ鳥たちにそんな違いがあるとは思わなかった。

僕とエストリアはコリトコの話に驚きながら、庭にいる鳥たちのことを頭に思い浮かべるのだった。

＊　＊　＊

「後は鳥たちの餌になる飼い葉置き場と農具棚で建物の中は終わりかな」

　コリトコに先導されて鶏舎の一番奥へ向かう。

　突き当たりには人が出入りするための扉があり、その左に飼い葉置き場、反対側に農機具が入った部屋がある。

「この部屋だけ扉があるのですね」

「うん。鳥たちがあっちのいないときに農具を弄って怪我するかもしれないから、ここだけはきちんと扉付きの部屋にしてもらったんだ」

　コリトコはそう言いながら扉を開けた。

　中には箒やガーデンフォーク、他にも鋤や鍬など色々な農具が揃っている。

　全て僕がクラフトしたものだ。

「鶏舎で使うもの以外もあるんですね」

「畑の横にも農具小屋は作ったから、今はそこの農具を使ってるけどね。こっちに置いてあるのは予備みたいなものさ」

　エストリアが不思議そうに尋ねるので僕はそう答えてからコリトコに「そろそろ庭へ行こうか」と呼びかけた。

その言葉に先に反応したのはコリトコではなくエストリアだった。

「つ、遂にあの子たちの近くに行けるのですね」

僕は知っていた。

彼女がこの鶏舎を案内してほしいと頼んだのは、コーカ鳥たちを近くで見たいからだと。

そしてあわよくばアグニのように柔らかな羽毛を触りたいと願っていることも。

「領主様、あっちは箒を片付けてから行くよ。だから先に行ってて」

部屋の外に出て来たコリトコは、先ほどまで床掃除に使っていて、鶏舎の壁に立てかけたままの箒を指さしてそう言うと、箒に向けてファルシと一緒に歩いていく。

その背中を見送った後、僕はエストリアのほうを向き、

「それではエストリア姫ご所望のコーカ鳥たちに会いに行きますか？」

そう言ってわざとらしく臣下の礼を真似るようにエストリアに片手を差し出す。

「姫は止めてくださいって何度も言ってますのに」

エストリアは僅かに頬を膨らませ、こちらも怒ったふりをしながら手を差しのばし――

「もちろん行くに決まっていますわ」

そう言って僕の手を強く握りしめると庭への出口へ向かって手を引きながら駆け出した。

＊　＊　＊

「……レスト様。どうしてここに？」

庭に出ると、来た時は気持ちよさそうに眠っていたアグニが目を覚まし、何やらアレクトールの体を撫でている。

手に大きめの櫛を持っているところを見ると、どうやらただ撫でているわけではなくて毛繕いをしているらしい。

しかし鳥の毛づくろいを人が手伝うなんて初めて見た気がする。

まぁ、鳥と言ってもコーカ鳥は魔獣なのだけれども。

「エストリアがどうしてもコーカ鳥を触りたいって言うから連れてきてあげたんだよ」

「……そうなのですか？」

エストリアは一瞬だけ僕を睨んだ後、覚悟を決めたのか小さく頷く。

「はい。アグニさんがアレクトールと仲良くしているのを見て、私もコーカ鳥と仲良くなれたらなと思ったのです」

アグニはその言葉を聞いて、アレクトールの体を撫でていた手を止める。

そして櫛を持った手をエストリアに差し出すと言った。

「……櫛をお貸ししますから毛繕いしてみます？」

「良いのですか？　ではお借りしますね」

アグニの手から、エストリアは櫛を受け取ると慎重にアレクトールへ近づいていく。

そしてまずは櫛を持たない左手でアレクトールの首筋を……たぶん首だと思う箇所を優しく撫でた。

「柔らかくてとても温かいですわ」

エストリアの表情から一瞬で緊張が解け、代わりにうっとりとした笑顔が浮かぶ。

撫でられているアレクトールも目を閉じ、されるがままになっているが、気持ちよさそうにしていた。

「それでは毛繕いさせていただきますね」

エストリアは丁寧にアレクトールに向けてそう言ってから、右手でゆっくりと羽毛に櫛を差し込んでいく。

なんの抵抗もなく吸い込まれるように手元まで埋まった櫛を、彼女はゆっくりと羽に沿うように動かす。

「こ、こんな感じでよろしいですか？」

「……エストリア様、初めてなのにとても上手です」

「そうですか？」

「……はい。アレクトールもとても気持ちよさそうにして――」

『ぴーっ』

楽しそうに話をしていた二人と一羽だったが、突然そこに別のコーカ鳥が割り込んできたのである。

「えっ。えっ。これ、どうしたら」

割り込んできたコーカ鳥は、そのままエストリアの体に自らの体を擦り付け出した。

予想外の出来事にエストリアは目を白黒させてあたふたしている。

「たぶんだけど、その子も毛繕いしてほしいんじゃないかな？」

「そんなことを急に言われても困りますっ。羽毛がっ、羽毛がふわふわでっ」

困惑しながらコーカ鳥のふわふわもふもふに埋もれて嬉しそうなエストリア。

だが、さすがにこのまま放置しておくのも何かあっては困る。

近くに佇むアグニはその様子を見て羨ましそうにしているばかりで動こうともしない。

なので僕はエストリアを救い出そうと二羽のコーカ鳥に挟まれて、その羽毛に今にも全身を飲み込まれそうな彼女のもとへ駆け寄った。

そして僅かに羽毛から突き出していたエストリアの腕を掴むと、勢いよくその体を引き寄せる。

「わぷっ」

「大丈夫かエストリア。アグニもこいつらを抑えてくれ」

僕はエストリアを二羽のコーカ鳥から守るように抱き寄せるとアグニに鳥たちを抑えるように命じた。

「……了解しました」

アグニは頷くと早速行動を起こす。

まず目の前のアレクトールに近づいてその羽毛の中に腕を突っ込む。

すると――

『ぴきゅぅい』

アレクトールは突然おかしな鳴き声を上げたかと思うとその場にへなへなと座り込んだではないか。

「……次、クロアシ」

続けて乱入してきたもう一羽のコーカ鳥も同じように無力化させる。

その手際の良さに感心しつつ、乱入してきたコーカ鳥の片足が黒いのを見て、先ほどコリトコが言っていた気性の荒い子はこいつのことだと知った。

「黒い足だからクロアシか。単純な名前だな」

「……アレクトール以外は仮称です」

「か、仮称？」

「一応名前を付けて区別しておかないと困るってアグ姉が言うから、とりあえずあっちが全部名前を付けたんだ」

『わふっ』

今の騒ぎを聞きつけてかコリトコがファルシの背中に乗ってやって来て、アグニの言葉を補足してくれた。

「そうなのか。僕はてっきりアグニが勝手に名付けたのかと思ったよ」

しかし仮称か。

ということはいつか正式な名前が付けられるのだろうか。

そのことを僕はコリトコに尋ねると、どうやらアグニとアレクトールの関係を見て、他のコーカ鳥たちが自分たちも同じように『相棒』に名前を付けてもらうのだと言っているらしい。

「相棒？」

「アグ姉はアレクトールの相棒って扱いらしいんだ」

「そうなのか。相棒ねぇ」

僕はへたり込んだままのアレクトールを撫でているアグニを見ながら納得して頷く。

甘えるように『ぴぴぃ』と鳴いてアグニの手が撫でやすいように頭を動かすアレクトールの姿からは、相棒というより甘えん坊と母親のように思えてしまう。

「あ、あのぅ」

アグニに甘えるアレクトールの姿を見ていると、下のほうから僅かに震えるような小さな声が聞こえた。

「そろそろ離していただいてもかまいませんか？」

「嫌だって言ったら？」

声の主は、先ほどから抱きしめたままだったエストリアだった。

僕はつい意地悪をしたくなってそんなことを口にしてしまう。

「その時は無理矢理にでも抜け出すかもしれませんよ？」

僕は慌てて彼女を抱きしめていた両手を離すと一歩後ろに下がる。

見かけは華奢な普通の女の子だけれど、彼女は獣人族だ。

その力の強さは既に見せてもらっている。

彼女が本気になれば僕の腕をへし折ることも簡単なはずだ。

もちろんエストリアがそんなことはしない優しい娘だとは信じているけれども。

「ごめんごめん」

「助けてくれたのは嬉しかったですけど、別に私は自分の力で抜け出せましたよ？」

「言われてみればそうなんだけど、さっきは君が羽に埋もれて窒息しちゃうんじゃないかって焦ってしまったんだ」

「ふふっ。それでも少し嬉しかったので許してあげますわ」

少し頬を染めたエストリアはそれだけ言い残すと「アグニさんに櫛を返してきますね」といって去っていく。

それを見送ってから僕は、ふと思いついたことをコリトコに相談するために、彼に声をかけたのだった。

＊　＊　＊

「私が乗っても良いのですか？」

エストリアは目の前の羽毛の固まりと僕を交互に見ながら問いかける。

「大丈夫だよ。コリトコもそう言ってる」

それに対して僕は笑顔でそう答えると、説明をしてもらうために、横にいたコリトコを前に押し出した。

「クロアシもアレクトールみたいに背中に人を乗せてみたいんだって。でもアグ姉は嫌らしくて」

『ぴぴぃ』

コリトコの言葉を肯定するかのようにクロアシが鳴き声を上げる。

そしてトコトコとエストリアの前まで歩いてくると、その場にしゃがみ込んだ。

その姿はまさに自分の背中に乗れと身を以って示しているようにしか見えない。

「ここまでされて断るわけにもいきませんわね。それに、アグニさんのように乗ってみたかったのが本音ですし」

エストリアは拳を握って自分に気合いを入れると――

「えいっ」

軽い身のこなしでクロアシの背中に飛び乗った。

さすが獣人族。

基本的な身体能力が違う。

僕が鐙もないのにクロアシに乗ろうとしたら、きっと誰かに手伝ってもらいながらしか無理だろう。

「あはは、ふかふかで乗り心地も最高です」

ゆっくりと立ち上がったクロアシの背でエストリアがはしゃいだ声を上げた。

『ぴぴぃ』

そして同じようにクロアシも嬉しそうな鳴き声をあげると、ゆっくりと庭の中をエストリアを乗せたまま歩き出した。

『ぴ！』

『ぴぃ！』

とてとてと歩いていくクロアシの姿を見て、他の二羽が後を付いていく。

『ぴぴ』

「……アレクトールもいきたいの？」

歩き去っていく三羽の姿を見て自分も付いていきたくなったのか、アレクトールがアグニの袖を嘴で咥えて引っ張っていた。

「……わかった」

アグニは慣れた動きでスカートを舞わせてアレクトールの背に飛び乗る。

そして背の上でささっと乱れたスカートを整えるのを待ってアレクトールは立ち上がった。

その一連の行動だけで、この二人の息がいかに合っているのかわかるというもの。

「アグニ」

「……はい。なんでしょう？」

「エストリアを頼むよ」

エストリアの身体能力を考えれば、クロアシに振り落とされることはないとは思うが。

一応念のためだ。

「……わかりました」

『ぴぴぴぃ』

僕の頼みにアグニは頷きながら応え、言葉が伝わっていないはずのアレクトールも一鳴き返事をしてから庭を周回する三羽に合流していった。

一周、二周、三周。

四羽のコーカ鳥たちは最初こそ足並みをそろえ一列縦隊で歩いていたが、徐々にその足が速くなっていく。

そして十周目にそれは起こった。

『ぴぴー』

それまでクロアシの後ろを付いて走っていた一羽がクロアシを追い抜いて前に出たのである。

『ぴぴっ』

続いて二羽目が飛び跳ねるようにクロアシを飛び越えた。

「あーあ、始まっちゃった」

「始まったって何が？　……って、アレクトールまで！」

ついには最後尾にいたはずのアレクトールまでもがクロアシを追い越し、さらに先へ行く二羽すら抜き去ったのである。

突然始まったコーカ鳥レースに僕は慌ててコリトコの肩を掴んで叫ぶ。

「コリトコ！　あいつらを止めてくれ！　このままじゃエストリアが危ない！」

だが僕の焦りを余所にコリトコは僅かに困った表情を浮かべ頭を掻きながら首を振る。

「大丈夫だよ領主様。あれを見て」

「あれ？」

「うん。エストリア様、全然怖がってないでしょ？」

確かにコリトコの目線の先でクロアシの背中にしがみついているエストリアの表情は、コーカ鳥たちの暴走が始まっても楽しそうなままだ。

獣人族ゆえなのか見事な体捌きで、まるでクロアシを自分の意思で操っているようにさえ見える。

いや——

「あれは、クロアシを乗りこなしてる？」

「凄いよね。アグ姉でもアレクトールと意思疎通するのに三日くらいかかったって言ってたのに」

そのアグニもアレクトールの背中の上で、彼女にしては珍しいくらいの微笑を浮かべながら向かい風に髪の毛をなびかせていた。

きっと彼女はもう僕が「エストリアのことを頼む」と言ったことはすっかり忘れているに違いない。

「はぁ。確かに今はまだ大丈夫そうだけど」

今すぐにコーカ鳥たちを止めることを諦めた僕は、狭い庭の外枠に沿って周回を続けるコーカ鳥たちを見ながら呟いた。

「この暴走はいつ終わるんだ……」

＊　＊　＊

「それじゃあ今日の周辺調査について作戦会議を始めるよ」

コーカ鳥たちの暴走事件から数日後。

僕は朝食が終わった後、食堂で皆が揃うのを待ってそう告げた。

「周辺調査って、そんなこともまだしてなかったのかよ」

引きこもり状態からようやく復帰したヴァンが呆れたようにそう言った。

「簡単な調査はしたけど、本格的な調査を始める前にコリトコの村に向かったからね」

一応星見の塔から見下ろした周辺の様子が調査団の記録とほぼ変わっていないことは確認した。

だが上から見下ろしてわかるのは大雑把な地形だけで、森の木々などの下は確認できていない。

他にも魔獣や、それ以外の動物の生息域。

それに木の実や果物など食料になりそうなものの植生などもだ。

現状、僕の素材収納や船に積んできた食料で食べ物は補っているものの、いつまでもそれだけに頼っているわけにもいかない。

一応拠点内に畑は作ってみたが、今から植えても育つまでにはかなりの時間がかかってしまう。

近いうちにレッサーエルフに協力してもらって例の速育法を試すつもりではあるが、それでも狩りなどでの食料調達は必要だ。

他にも水の問題もある。

昨日拠点内で見つけた井戸の跡をクラフトスキルを使って掘り返したのだが、思ったより水量が少なく、畑を広げていくためには到底それだけでは賄えないと判明したのだ。

なので拠点から500メルほど離れた場所にあるという川から拠点まで水を引くことにし、そのための事前調査も必要になったのである。

「組み分けは僕とキエダで話し合って昨日考えたんだけど、これでいいかな？」

僕は食堂のテーブルに一枚の紙を置く。

そこには昨日の夕食後にキエダと二人で決めた調査に出る者の組み合わせが書いてあった。

調査は基本二人一組で行うことになる。

なぜなら今回の調査はコーカ鳥たちに乗って行うことになったからである。

その理由は二つ。

まず一つはこの前の暴走の件だ。

コリトコ曰く、元々自然界で自由に走り回っていたコーカ鳥は鶏舎のような狭い場所に長くいるとストレスが溜まってしまうのだという。

なのでウデラウ村では定期的に聖なる泉の周りを好きなだけ走らせるという『行事』を行っていたらしい。

『行事』というのはコーカ鳥たちをただ走らせるだけではつまらないと昔誰かが言い出したそうで、コーカ鳥が走り回るのを『レース』に見立てて村人たちがそれぞれ応援するコーカ鳥を決めて簡単な賭け事みたいなことをするというものだ。

賭けるのはレース後に行われる宴の準備をしたり、そのために必要な狩りや採取を行ったり、後片付けをしたりといった簡単な労働である。

どうやらこの前僕がウデラウ村に行った時は、ちょうどその『行事』は終わってしまった後だったので、暴走の後にコリトコから話を聞くまで知らなかったのである。

つまり今回の調査でコーカ鳥たちを使うのは、そのストレス解消のためという理由があるのだ。

そしてコーカ鳥の背中に乗れる人数は二人が限界なので今回は二人組で調査をすることにした。

次に安全性の確保である。

コリトコやウデラウ村で聞いた話によれば、島の西端に近いこの拠点の周辺は島に充満する魔力が比較的薄く、そのおかげで凶暴な魔獣はほとんど存在していないと聞いている。

しかしそれでも未開の地であることには変わりなく、どんな危険があるかわからない。

そこでコーカ鳥である。

コーカ鳥は主にこの島中の森の中に生息しているため森の中を移動することに慣れた種族だ。

そして初めて会った時はファルシと交戦していたが、本来コーカ鳥は警戒心が強く、危険や敵からは逃げることで生き延びるという戦略を採る。

あの時は生まれたばかりの雛鳥を守るために母鳥は逃げずに戦う選択をせざるをえなかっただけである。

つまりコーカ鳥と一緒に行動すれば、余程のことがあっても拠点へ逃げ帰ることができるということがわかった。

しかし、それでもどうしても戦わなければならない事態が起こる可能性は捨てられない。

そこでコーカ鳥に乗る二人の人選は『戦える者』と『記録する者』の組み合わせにすることにした。

「えっとぉ。フェイルはヴァン兄と一緒だぁ」

真っ先に身を乗り出して紙を覗き込んだフェイルが嬉しそうな声を上げる。

「お子ちゃまの世話かあ。しゃーねーな。でもまぁ『妹』を守るのは『兄』の務めだからな」

いつの間にかフェイルはヴァンのことをヴァン兄と呼ぶことにしたらしい。

呼ばれたヴァンは一瞬戸惑っていたものの、兄と呼ばれるのはまんざらでもないようだ。

「私はキエダ様と、レスト様はエストリア様とですね」

「あっちはアグ姉とだ！　よろしくね、アグ姉」

「……よろしく」

組み合わせは以上。

後、アグニとコリトコのコンビにはファルシも加わることになっているので戦闘力は問題ないはずだ。

「レスト様は私が守りますね」

満面の笑顔で微笑むエストリアのその言葉に、僕は苦笑いを浮かべながら「よろしく頼むよ」とだけ答えるしかなかった。

本当なら僕がエストリアを守りたいのだが、純粋な戦闘力では獣人族である彼女のほうが遙かに強いとキエダにまで言われてしまっては仕方がない。

「それじゃあお昼になったら一旦皆拠点に戻ってきて報告をするってことでいいね？」

一同を見渡しながら確認を取った僕に全員が頷いて応える。

「それじゃあそれぞれ準備が出来次第に出発しよう。調査範囲はそれぞれ渡した地図を参照してくれ」

そして僕は最後にそう告げると自分用の地図と調査報告を書き込むためのノートを手にして立ち上がったのだった。

＊　＊　＊

「も、もうちょっとゆっくり走らせてくれないか」

コーカ鳥クロアシの背の上で揺られながら僕はエストリアに情けない声でお願いをする。

まだ拠点を出てからそれほど時間は経っていないが、森の木々が生い茂る中をかなりの速度で走るクロアシの背中の上は不規則に揺れ、目の前から迫ってくる木々に幾度となくぶつかりそうで僕は何度も悲鳴を上げていた。

我ながら情けないとは思うけれど、最初エストリアの細い腰に手を回すことをためらっていた自分はどこへやら。

今ではがっしり全力で彼女にしがみつくしかない状況で。

「でも私たちが担当する範囲は他の皆より遠いんですよ。急がないとお昼に間に合わなくなってしまうじゃないですか」

「いや、でもこんなに急ぐ必要は……ひゃあっ」

頭の僅か上を太い木の枝が通り過ぎ、僕は思わず悲鳴を上げた。

「ふふっ、頭を上げると危ないですよ」

エストリアに言われて必死に腰にしがみつき、できる限り頭を下げる。

「怖かったら目を閉じててください」

さらにぎゅっと目を閉じる。

同時に両手と顔から伝わってくるエストリアの体温をはっきりと感じるようになった。

僕の心臓が早鐘を打っているのは恐怖のせいか、はたまたエストリアに抱きついていることを自覚してしまったせいか。

そんなことを考えているうちにクロアシの足がゆっくりとその速度を落としていく。

「見えましたわ」

エストリアの声と同時に閉じていたまぶたに光を感じ、同時に耳に水の流れる音が届く。

どうやら森を抜けて、目的の川に辿り着いたようだ。

「うわぁ、綺麗」

エストリアの呟きに戸惑いを感じ、僕はその理由を求めるようにゆっくりとまぶたを開いた。

「これは……想像していたより綺麗な水だ」

目の前を流れる川の水はかなり透明度が高く、川底や泳ぐ魚の姿もはっきり見えるほどだった。

川幅は5メルほどで流れも緩く、取水口を作るのにも向いていそうで僕はホッと胸をなで下ろす。

なぜなら調査団の報告書には川があることは明記されていたが、その川がその程度の規模でどんな様子かは書かれていなかったからである。

最悪の場合、とてもではないが水を引くのも難しい川の可能性も考えていた。

例えば水深がとんでもなく浅く、水量も少なかったり、水面が岸よりもかなり低くて汲み上げるのも困難な場合などである。

「これなら普通に水路を作れば拠点まで水を引けるな」

「そうですね。魚も沢山泳いでますから水質も問題ないでしょうし」

「一応後で水質検査はするけどね。とりあえず検査用に水筒に水を汲もうか」

転げ落ちないように僕は慎重にクロアシの背から降りると河原に向かう。

河原がそれほど広くないのは、間近に森があるせいだろう。

「水筒をクラフトしてっと」

僕はその場で簡単な水筒をクラフトして川面にしゃがみ込み川の水を掬い取る。

透明度はかなり高いが、魚が住んでいるということはそれなりには栄養素は溶け込んだ水に違いない。

一見飲んでも大丈夫に見えるけれど、流石に川の生水をそのまま飲むとお腹を壊す可能性があることくらいは僕でもわかる。

「って！　エストリア！」

ふと上流から水をはじく音が聞こえ、その方向に目を向けるとクロアシと一緒にエストリアが川の水を手で掬って飲んでいるではないか。

僕は慌てて彼女に駆け寄る。

「どうかしましたか？」

「どうもこうもないよ。川の生水なんてそのまま飲んだらお腹を壊すよ」

「そうなのですか？　でも帝国では普通に川から引いた水を皆そのまま飲んでましたけど」

「……本当に？」

僕の疑問にエストリアはきょとんとした表情であっさりと「何を焦っているのかわからない」といった表情で答える。

もしかして獣人族は人族と違って生水をそのまま飲んでも大丈夫な胃腸をしているのかもしれない。

「もしかして人族の皆さんはそのまま飲まないのですか？」

「飲まない……と思うよ。少なくとも僕の知る限りは井戸の水でもなんでも煮沸するか濾過魔導具を使うか清浄魔法をかけるかした水以外は飲まないはずだ」

「こんなに綺麗で美味しそうな水なのに」

エストリアは掬った水を見つめながら首をひねる。

そんな彼女に僕は生水の危険性を少し時間をかけて丁寧に説明していく。

最初こそ納得がいかないような表情をしていた彼女だったが、徐々に僕の言うことを理解してくれたらしく、最終的には横で水を飲んでいたクロアシに「生水は飲んではいけないのよ」と言いながら強引に川からクロアシを引き離してしまった。

「クロアシは良いんだよ。自然の生き物だからね。お腹の中に生水を飲んでも大丈夫な仕組みができてるから」

「それじゃあ私たち獣人族も同じように生水を飲める仕組みがあるのかもしれませんね」

「どちらにしろなるべく浄化はしたほうがいいと思うよ。ヴァンみたいになりたくないからね」

お腹を押さえて痛い痛いと転げ回っていたヴァンの姿を思い出しながら苦笑する僕に、エストリアは「ふふっ、そうなったらレスト様が看病してくださいね」と笑って応えるのだった。

＊　＊　＊

お昼前に拠点に戻ると、既にアグニとコリトコが先に戻って昼食の準備を拠点の中央広場で始めていた。

ここは初日に皆で食事をした場所だ。

といっても何もなかった初日と違い、今は地面も綺麗に石畳が敷き詰められていて領主館からワゴンを使って簡単に物を持ってくることができるようになっている。

きっとアグニたちは朝のうちに準備してあったサンドパンや干し肉などを領主館から運んできたに違いない。

「今日はここで食べるのか？」

「……はい。せっかく外でも食べられる料理を用意しましたので」

「あっちがアグ姉に言ったんだよ！　今日は外で食べようって」

コリトコはいつもと違う外での食事に楽しそうにはしゃいでいる。

たぶん前に僕たちがこの場所で食事をした時のことを話したのを覚えていたのだろう。

「良いですね外での食事なんて初めてです。あ、お手伝いしますね」

クロアシから飛び降りたエストリアが食事の手伝いにアグニのもとへ向かう。

その楽しそうな姿を見ていると、東の出入口からヴァンとフェイルがぎゃいぎゃい騒ぎながら入ってくるのが見えた。

どうやらいきなり兄妹喧嘩が始まっているらしい。

そしてキエダとテリーヌたちが戻ってきたらすぐに食事が始められるように準備は進む。

しかしキエダたちは昼を過ぎても戻ってくる気配がない。

「何かあったのでしょうか？」

不安そうに正門を見ながら呟くエストリアに僕は「大丈夫。何か発見して夢中になって帰る時間を忘れてるだけだと思うよ」と心にもない言葉を返す。

エストリアには大丈夫と言ったけれど、あのキエダが約束した時間に遅れるなんて初めてのことだ。

僕は内心でわき上がる不安を押し込めながら考える。

キエダとテリーヌが担当したのは拠点から船着き場へ降りるトンネルまでの間の領域で、それほど危険な場所ではなかったはずだ。

一応道を挟んで左右の森の中を調べる手はずになっているが、それでもこんなに時間がかかるとは思えない。

よしんば思ったより地形が調査し辛かったとしても、一旦昼には拠点に戻ると約束した以上は帰ってきていないとおかしい。

「あっ、帰ってきたみたいですよ」

正門をずっと見ていたエストリアの声に、僕も視線をそちらに向けた。

「キエダ！　テリーヌ！」

コーカ鳥に乗ったテリーヌと、その横を歩いてくるキエダの姿が開いた門の隙間から見え、僕は思わず大きな声で呼びかけた。

「あれ？　キエダさんたちの他にも人が」

そのキエダたちの後ろから数人の人影が拠点に入ってくるのが見えて、僕は振りかけた手を止めて改めてその人影を注視する。

人影は四人。

身長はたぶんフェイルと同じくらいだろうか、かなり小柄だ。

しかしその姿は子供とはかけ離れている。

「立派なお髭ですわね」

そう。

その四人には胸まで届くほどの立派なあごひげがあったのである。

「あれは、ドワーフってヤツじゃねぇのか？」

キエダたちの帰還を待てずにサンドパンを頬張っていたヴァンが、パンを片手に僕の横までやって来た。

たしかにその姿はヴァンが言うように話に聞くドワーフと同じように見える。

だがドワーフ族という種族は滅多に人前には出てこず、時折『鍛冶修行』と称して旅をする若いドワーフが現れるだけでその里がどこにあるかすらわかっていないと聞く。

彼らの鍛冶技術はすさまじく、修行中の若いドワーフの作った武具ですら他の種族の一流鍛冶師が作り上げた最高傑作を超える出来なのだとか。

そのドワーフがこの島に。

しかも一人でも珍しいというのに四人も現れるなんてどういうことなのだろうか。

「レスト様。客人をお連れしました」

予想外の訪問客に戸惑っているうちに、キエダは四人のドワーフたちと共に僕の目の前にやってきた。

ちなみにテリーヌは途中で他のコーカ鳥たちのもとへ向かい、フェイルに手伝ってもらいながら背中から降りている最中だ。

「えっと……この方たちは？」

ドワーフというのは職人気質でかなり気難しく、扱いを間違えばすぐに怒ってどこかへ行ってしまうという話を聞いたことがある。

なので僕はどうして良いかわからず、キエダに目線を送って助けを求めようとした。

「お前さんがあの領主の孫か？」

だがそんな僕より先にドワーフの一人が僕の顔をじっと睨めつけながらそんな言葉を放つ。

「えっ、あの領主って？」

「違うのか？　カイエル伯爵の孫がこの島の主になったって聞いたんだがな」

カイエル……僕はその名前を知っている。

それは僕の母の旧姓だ。

つまりカイエル伯爵というのは今はなきカイエル領の領主で僕の祖父で間違いない。

僕は突然目の前のドワーフから予想外の言葉を聞いて焦りながらも「違いません。僕がカイエル伯爵の孫のレスト・カイエルです」と答えた。

「レスト……カイエルの姓を名乗るってことは噂は本当だったか」

「噂？」

「お前さんがあまりに不出来だったからダイン家っていうでっけぇ貴族の家を放逐されたって話よ」

不出来。

たしかに僕はあの家から逃げるために自分から不出来な息子と思わせるために行動してきたけれど、面と向かって言われると複雑な気分だ。

「まぁその噂の大半が嘘だったってことはここに来てわかったがな」

ドワーフはそう言いながらちらりとキエダを見る。

どうやらキエダたちが遅れて来た理由の一つは、僕のことを彼らに説明していたからららしい。

「それで貴方は？」

「おぅ、挨拶が遅れたな。ワシの名前はギルガスという。よろしくな」

ドワーフ族のギルガスはそう名乗ると僕に片手を差し出す。

「ギルガスさんですか。こちらこそよろしくお願いします」

「呼び捨てで良い。お前さんは領主なんだろ？　だったらもう少しくらいは領主らしくしたほうがいい」

常日頃から密かに気にしていることをあけすけに指摘され、僕は苦笑いで返すしかない。

「おっと、領主様相手に言うことじゃないな」

「いや、貴方の言う通りだよ。僕ももう一人の領地を背負う領主なんだから、少しずつでも変わっていかないと」

僕の答えに「やはりあの男の孫だな」とギルガスは小さく呟いた後、彼は後ろに連れ添っていた他の三人のドワーフたちを呼び寄せた。

「まずこいつはワシの息子のライガスだ」

「ライガスです」

ギルガスの横に立って頭を下げるライガスは、一見するとギルガスとほとんど変わらないように見える。

というかドワーフというのは顔のほとんどが髭や毛で覆われているうえにずんぐりむっくりな体型も共通していて見分けが付かない。

ただありがたいことにこの四人はそれぞれ毛の色が違うおかげでなんとか見分けが付きそうではある。

ギルガスは鈍い銀髪。

ライガスは白髪。

次にギルガスが呼び寄せたドワーフはうっすら赤く、もう一人は濃い茶色をしていた。

「それでこいつが娘のジルリス。で、そっちが弟子のオルフェリオス三世だ。ドワーフ族の第二王子でワシと同じく生活鍛冶師を目指す変わりモンだな」

「……え？」

ちょっと待ってほしい。

最後の二人の情報量が多すぎて理解が追いつかない。

まずジルリスだ。

今たしかギルガスは自分の『娘』って言わなかったか？

「ジルリスよん。よろしくぅん」

「えっ、はっ、よろしく」

父とたぶん兄の二人とほとんど変わらない容姿から出た予想外に高い女性の声に僕は戸惑いながら返事をする。

先にも述べたがドワーフ族というのは謎の種族で、鍛冶に精通し、とてつもなく素晴らしい武具を作る技術を持つ種族ということくらいしか知られていない。

なので女性ドワーフが男性ドワーフと見かけがほぼ変わらないということすら初耳だった。

しかし言われてみると他の三人に比べると体は少し丸みを帯びていて、胸も少し……

「領主よ。人の娘をジロジロと見ないでほしいんだが」

「もぅ、領主様ったら。いくら私が魅力的だからって初対面でその視線はダ・メ・よ」

くねくねと体を揺するジルリスの動きに合わせて長いあごひげも左右へ揺れる。

僕がどう反応すれば良いのか戸惑っていると、そのジルリスの前にもう一人のドワーフが割り込んできた。

「おい領主。彼女に手を出すのは俺が許さないぞ！」

たしかオルフェリオス三世……ドワーフ族の第二王子だったたか。

「い、いえ。滅相もございません」

相手が王子と聞いてしまった僕はつい下手に出てへりくだってしまう。

だが――

ガツン！

激しい音を立ててオルフェリオス三世の頭に拳がたたき落とされた。

「おいっ!!　三世！　てめぇ領主様に対して失礼だろうが」

地面に突き刺さるかのような勢いで頭から倒れたオルフェリオス三世を怒鳴りつけたのはギルガスだった。

「お、王子にそんなことをして大丈夫なのかい？」

「領主、覚えておくが良い。ドワーフ族にとって師匠ってのは絶対でな。たとえ王子だろうが王だろうが一度弟子入りした以上は師匠を超える作品を作るまでは身分なんざ関係なく師匠と弟子でしかねぇんだ」

「そうなのか」

「というわけで弟子が失礼なことを言ったな」

ギルガスは頭を下げると僕にだけ聞こえる小さな声で「こいつはどうやら俺の娘に惚れてるらしい」と教えてくれた。

なるほど。

自分の好きな女の子（？）を他の男がジロジロ見ているのは気に入らないというのはわかる。

僕はギルガスに怒られそうなので心の中だけでオルフェリオス三世に謝った。

「それでギルガスたちはどうしてこの島へ？」

「どうしてってそりゃお前さんに会いに来たのよ」

「僕に？」

「本当はお前さんの爺さんに頼みに行くつもりだったんだが……」

ギルガスは僅かばかり悲哀を顔に浮かべたが、すぐに頭を振って元の表情に戻ると続ける。

「お前さん、ワシら家族とこの不肖の弟子を雇わねぇかい？」

＊　＊　＊

「生活鍛冶師？」

「そう、生活鍛冶師というのはワシが考えた名前でな。他の鍛冶師とは違うということを示したくて付けた名前だ」

ギルガスは昔、他の向上心に溢れた若手ドワーフたちと同じようにドワーフの国を出て鍛冶修行の旅をした。

様々な鉱石、様々な環境、様々な設備を経験することが目的のその旅の間、ギルガスはどの土地に行っても歓待されたという。

それはなぜか。

簡単な話である。

ドワーフの作る武具は世界中誰もが知るくらい有名で、世界に名を残す一流の冒険者や騎士はほぼ全てドワーフ製の強力な武具を身に纏っていたと言われている。

なのでどの国も領主もドワーフが作る武具が欲しくてたまらないのだが、ドワーフというのは頑固で偏屈な種族。

一国にとどまることもなく、どこかの国に所属することもない。

しかも無理矢理ドワーフを捕らえても彼らはどのような拷問を受けても言うことを聞かず、それどころかそのようなことをした国は悉く天変地異に見舞われ壊滅してしまったと言われている。

何処までが真実で何処までが創作かはわからないが、事実としてドワーフを無理矢理捕らえて働かせようとした国は周辺諸国から反感を買い攻め滅ぼされるという話は史実らしい。

「ドワーフ族というのは自分たちでは大して使わないくせにどれだけ素晴らしい武具を作るのかに固

執する種族でな。ワシも例外ではなかった」

旅の間、何処へ行っても彼は盛大に歓待され、そしてその地で武具を一式作ってはまた旅に出る。

そんな日々を繰り返していた旅の途中、ギルガスは自らの運命を変えることになる地——僕の祖父が治めるカイエル領に立ち寄った。

「辺境の貧しい領地でな。それまで色々なところで受けてきた歓待からすれば、カイエル伯爵のそれは質素なものだったが」

それでも他の地で受けたもてなしよりもギルガスは温かいものを感じたという。

しかし彼が本当に心の底から驚いたのは宴の後の出来事だった。

「ワシはいつもと同じように尋ねたのだ。お主はどのような武具が望みか……とな」

それは旅の間何度もギルガスが繰り返してきた言葉だった。

そしてその言葉を聞いた権力者は須《すべか》らく欲望に満ちた目を光らせて自分たちが欲しい武具を口にしたのだが。

「先日生まれたばかりの娘のために、壊れることのない丈夫な『時計』を作ってほしい」

カイエル伯爵の口から出た望みはそんなささやかなものだったという。

「そんなもので良いのか？」

「ああ。色々考えたのだけどね……彼女が生まれ、育ち、そしていつしか歳を重ね、命を繋いでいく、その時の流れを共に生きるものをプレゼントしたいと思ったのだ」

一領主ではなく、一人の父親として彼は自分の娘の人生を見守るための道具を彼に求めたのである。

「わかった。その依頼、受けよう」

それから彼は約二年もの月日をかけて一つの懐中時計を作り上げた。

それほど時間がかかったのは彼に時計の知識がなかったために一から勉強が必要だったこと、初めての長期間の滞在で領内の人々との交流という今までなかった出来事が重なったせいでもあった。

「それって……まさか、この懐中時計……」

僕はギルガスの話を聞いて懐から母の形見の懐中時計を取り出し、ギルガスに見せる。

「そうだ。それが私が生まれて初めて作った『時計』だ。ちゃんと受け継がれていたのだな」

ギルガスは僕の手から懐中時計をゆっくりと取り上げるとその蓋を開く。

正確な時を刻む時計盤と、その奥に見える精緻な部品の数々は、とても初めて作ったものとは思えない出来で。

「はははっ、造りが甘いな……だが、魂が籠もっている」

懐かしむようにギルガスはそう言って笑うと懐中時計を僕の手に戻した。

「ワシはな。それまで武具しか作ってこなかった。だがその時計を作っている間に領民たちと生活を共にして、生活の中で様々な道具が使われていることを改めて実感したのだ」

ギルガスはカイエル領の領民と生活しているうちに領民たちの使う道具にどんどん興味が引かれていったという。

だが、その道具の数々の造りはお世辞にも良いものとは言えず、思わず彼は時計の研究の傍らその道具の改良や修理にも手を付け始めたらしい。

「楽しかった。それまでの鍛冶仕事では得られなかった満足感がそこにはあった」

ギルガスが『生活鍛冶』に目覚めたのはその時だったという。

「時計が完成した後、ワシは生活鍛冶というものを広げるべくドワーフの国へ戻った。だがほとんどの奴らはワシの話になど耳を傾けなかった」

それでも彼は自らの工房を立ち上げ、ドワーフたちが使う生活用品の向上に努めた。

その過程で親しくなった女性と結婚し、子供も生まれた。

やがてギルガスの『生活鍛冶』はドワーフの国に認知されるようになり弟子入りを願うドワーフも出てきたという。

だがそんな日々も終わりが来る。ドワーフの王が崩御し、新たな王が誕生したのだ。

そしてその王は『生活鍛冶』をドワーフ族には必要のないものとして国から追放すると命を出したのである。

「というわけでワシと家族は国を追い出されてな。弟子入りしたいと言っていた奴らもいなくなって残ったのは無理矢理押しかけ弟子になっていた三世だけだ。まぁ、あいつは生活鍛冶が目的か、娘が目的かわかったもんじゃねぇけどな」

ドワーフの新王にオルフェリオス三世の兄がなったことと、その兄と彼は仲が非常に悪かったことがもしかすると新王が『生活鍛冶』を敵視した理由の一つだったのかもしれないとギルガスは言う。

「だがまぁ、弟子の面倒を見るのは師匠の務め。弟子のしでかしは師匠がかぶるのが流儀だ。だからワシは皆を連れて国を出ることにしてここに辿り着いたというわけだ」

彼らは島から一番近い西大陸南方の港町から自作の船で海を渡り島の桟橋に着いた。

そしてトンネルを出た所でキエダたちと出会い、長い旅路を経て拠点に到着したのだという。

ギルガスの長い話が終わった。

彼が生活鍛冶師という新しい境地に至ったのも、国を追い出されたのも母の形見である懐中時計が全ての始まり。

そして最後に彼が頼ったのも僕……いや、カイエル伯爵の唯一の血縁。

「わかりました。ドワーフの皆さんは僕が雇います」

「恩に着る」

「お礼を言うのは僕のほうですよ。母はずっと僕が生まれる前からこの懐中時計を大事にしていたと聞いています。それだけ大事なものを作ってくれた貴方に恩を返すのは当たり前のこと」

「ワシは依頼を受けて作っただけだ。そこまで立派なもんじゃない……だがありがたくお前さんの好意は受け取らせてもらうよ」

ギルガスはそう答え、次に「それじゃあ嫁さんを連れに港町に一旦戻るからあいつらを頼んだ」と言って部屋を出て行こうとする。

「えっ、嫁？　港町？」

「ああ、ちょいと旅の疲れで調子を狂わせちまってな。無理に船旅をさせるのは酷だからってんでお前さんの許可が出てから迎えに行くってことにしたんだが」

「奥方様は大丈夫なのですか？　何かご病気でも……」

心配げに問いかけるキエダにギルガスは豪快に笑ってから「そんなに心配してもらうようなもんじゃあねぇよ。原因はわかってるし、数日休んでいれば問題ない。今から迎えに行けば数日中に戻ってこれるはずだ」と答え部屋を出て行く。

僕は同席していたキエダと共に慌てて追いかけ、せめて病気のことに詳しいテリーヌとキエダの同行を願い出た。

「領主は心配性だな。将来禿げるぞ。だがまぁ、そこまで言うなら一緒に来てもらおうか」

「それじゃあ準備もありますし、出発は明日にしましょう」

僕はすぐにでも出発したいと言うギルガスをなんとか説き伏せたのだった。

＊　＊　＊

翌日、僕はキエダたちを見送るために桟橋へやってきた。

コーカ鳥たちに乗って来たのでそれほど時間はかからなかったのは良かったが、途中からまたレースを始めたのには辟易した。

コリトコが言うには、もう少し成長すれば落ち着くらしいけれど、それまではなるべく一緒に行動させないようにしないとなと思いつつ桟橋でギルガスたちが乗ってきたという船から荷物を下ろしていく。

といってもギルガスたちが持ってきていた着替えや私物だけなのでそれほど量があるわけではない。

船は僕が思っていた以上に立派な鉄製のもので、ギルガスはこの船を一週間ほどで作り上げたのだという。

もちろん他の三人も手伝ったのだろうが、それでもとんでもない技術である。

「往復に必要な分の食料と水はこれくらいで良いかな？」

「おう、こんだけありゃ十分だ」

ギルガスだけでなくキエダも付いていく以上心配することは何もないのだが、一応何かあった時のために食料と水は余分に積んでおく。

「それではレスト様、行って参ります」

「ああ、キエダもテリーヌもギルガスさんの奥さんを頼んだよ」

「お任せください」

「私の力が及ぶ範囲であればよろしいのですが」

僅かに不安そうな表情のテリーヌに僕は「テリーヌがどうしようもなければ他の誰にもなんともできないよ。自信を持って」と声をかける。

「そんじゃあすぐに嫁さんを連れて帰ってくるからあいつらのことは頼んだ」

ギルガスはそう言い残すと船内に入っていく。

桟橋に辿り着いてギルガスの船の仕組みについて教えてもらったのだが、この船の動力は風ではなく水蒸気なのだという。

一応マストも付いているが、それはもしもの時のためで、ここまで来る間も一度も使わなかったらしい。

ポンポンポンッ。

ギルガスが船の中に消えてしばらくすると船から軽快でリズミカルな音が聞こえ出す。

ぼこぼこぼこっ。

船の前方が突然泡立ち始めた。

ギルガスが機関室で炎魔法を使い炉に火を入れたのだろう。

この船は機関室で造り出した水蒸気を噴出することによって動くのだと聞いていたが、実物を見ると予想以上に音も含めて不思議な風景だった。

きっとそこかしこにドワーフでしか造れないような技術が詰まっているのだろう。

ゆっくりと岸を離れていく船の甲板にギルガスが上がってくる。

そしてそのまま操縦席に移動すると船を操舵して船を一回転させ沖に船首を向けた。

「気をつけて！」

「……行ってらっしゃいませ」

そう呼びかけると僕とアグニは船影が水平線に消えるまで見送った。

「もう見えなくなったよ、凄い船だね」

「……そうですね。ですが既に同じものをレスト様なら造れるようになったのでしょう？」

「流石にドワーフの技術を見ただけで理解するのは難しいよ。それにもしできたとしても、なんだかそれはズルしてるみたいだし、よしんばクラフトできたとしてもギルガスに許可を貰ってからじゃないとね」

僕はそう答えながら、まだ積んでいなかった荷物を地面から持ち上げ、クロアシの背中に積み込んでいく。

「……相変わらず律儀……でもそれがレスト様の良いところ」

「ん？　何か言った？」

「……いえ。それよりも荷物を持って拠点に戻りましょう。これから彼らの家と工房を作るのでしょう？」

「そうだった。家はすぐに造れるけど工房は僕だけじゃ無理だし時間がかかりそうだから急がないと」

僕はかなり高くなった日の光に目を細めながらアグニに手伝ってもらってクロアシの背に乗ると拠点に戻るためにトンネルへ向かった。

＊　＊　＊

「うわぁ、すんごぉい！　本当に一瞬で家が建っちゃったぁ」

「キエダさんから話は聞いてましたが、実際目にすると奇跡としか思えませんね」

「ふんっ、この程度の家なら我々ドワーフ族なら数日もあれば建設できるわ。それもこれより数倍凄い家をな」

三者三様の反応を苦笑しながら聞く。

ドワーフたちの家は二軒、拠点の端の壁沿いにクラフトした。

一件はギルガス夫婦とジルリスが住む家で、もう一件がライガスとオルフェリオス三世の家だ。

この組み分けを決めたのは僕ではなくジルリスで、彼女曰く「オルフェと一緒だと襲われちゃいそうで怖いしぃ。でもオルフェってさみしがり屋で怖がりだから一人じゃ可哀相だからぁ」とのこと。

もちろんこの話は当のオルフェリオス三世がいない場所でされたものだ。

そうじゃければオルフェリオス三世は今頃どこかの隅で膝を抱えて泣いていたかもしれない。

僕だって好きな女の子にそんな風に思われていると知ったらかなり落ち込む。

たぶん先日のヴァン以上に引きこもる自信がある。

「一応このままでも普通に住めるけど、直したいところがあればできる範囲で直すよ」

「ありがとうございます領主様。でもそれくらいは俺たちでなんとかしますので」

「そぉよぉ。私たち、これでも生活鍛冶師なんだからこういうの得意なのぉ」

「はんっ、自慢のスキルを見せびらかせなくて残念であったな」

本当にわかりやすい三人である。

ギルガスの息子のライガスは少し生真面目すぎるきらいはあるが良い青年だ。

ジルリスはつかみ所がなく言動は軽いが、オルフェリオス三世や人のことをよく見ていて、さりげに気遣いができる。

オルフェリオス三世は口では強いことを言うが、その実僕がやることを邪魔したりはせず、実は三人の中で一番クラフトスキルで造り出したものに興味津々で研究熱心さが垣間見える。

「それじゃあ最後に鍛冶場を作ろうか。でも僕には鍛冶の知識がないから君たちの力を借りないと作れないから協力してくれよな」

その言葉にあからさまにオルフェリオス三世だけが目を輝かせる。

ようやく自分たちの力が見せられると思ったのだろう。

それともジルリスに良いところを見せたいのか？

僕は三人から作りたい鍛冶場の姿形と、必要なもの、その配置などを聞きながら建築予定地に移動する。

といってもドワーフたちの家から10メルほどしか離れていない場所である。

鍛冶は高熱の炎を扱うため、周囲10メルに何もない場所に作ることにした。

壁沿いなので壁は真後ろにあるのだが、石造りの壁は燃えることはないだろう。

「さてと、やりますか」

僕は何もないその場所に向けて右手を差し出して、鍛冶場の建設を開始した。

鍛冶場の広さは四方が10メルほどの四角形。

屋根は高く、換気用の窓が上と下に付いている。

上の窓はガラスだと熱で割れてしまうので金属製にし、つっかえ棒で開ける方式にした。

そして部屋の中には二個の炉が右隅と左隅に備え付けられていて、同時に作業が可能になる。

最初一個だけあれば十分だと思ったのだが、扱う鉱石や作るものによって炉の温度は違うらしく、一つだとその切り替えだけでかなり無駄な時間ができてしまうのだという。

「とりあえず指示通りに作ってみたけどどうかな？」

僕は鍛冶場を細かくチェックして回る三人に向けてそう尋ねる。

しかし先ほど家を作った時と違って、今度は三人が三人とも不満そうな表情を僕に向けた。

「うーん、確かにぃ言った通りにできてるように見えるけどぉ。ちょっとこれじゃあ使えないわねぇ」

「俺もジルリスと同意見です。すみません」

「やはり素人が作るものはこの程度であったな。全くなっておらぬ」

そうして三人は次々と僕の作った鍛冶場の悪いところを指摘していく。

結果、指摘された内容で理解できた部分はクラフトし直すことができたが、流石に専門的すぎる部分は僕には直すことはできず。

特に炉に関しては一切の妥協が許されないことがわかった。

「流石にこれ以上は僕には無理だよ」

「そうですか……」

「だから素材を色々ここに置いていくから三人で納得いくまで作り直すってのはどうかな？」

「生半可な素材では俺様……いや、師匠が満足できるような炉は作れはせぬぞ」

「でもドワーフ国にあるのと同じような炉を作ろうとするならぁミスリルとかぁ必要だしぃ」

「さすがにミスリルは俺たちでもそうそう手に入らないです」

ミスリル。

俗に魔法金属と呼ばれているそれは、魔力をよく通し、さらに増幅する力を持つと言われている。

軽くて丈夫、しかも加工しやすいということで人気の金属なのだがその採掘量はそれほど多くないために希少で、一般に目にできるのは魔道具などにごく僅か使われているものだけである。

だが、僕はその希少金属をそれなりの数手に入れていた。

そう、あのウデラウ村の地下でだ。

「ミスリルなら持っているよ」

「「「えっ」」」

僕の言葉に三人が同時に目を丸くして僕の顔を見る。

そんなに驚くことなのだろうか。

「それでどれくらい必要なんだい？」

「ど、どれくらいって」

「えっとぉ、炉二つ分だからぁこれくらい？」

ジルリスは両手で空中に四角を描きながら答えた。

「ジルリス。そんなにこやつがミスリルを持っているわけがなかろう」

「そんなことはわかってるわよぉ。言ってみただけぇ」

「そのくらいで良いのか。じゃあ」

僕は左手を部屋の端に向けると素材収納からミスリルを取り出して見せた。

「……うそ……」

「……まじでぇ？」

「偽物だろう？　確かめてみようではないか」

三人は恐る恐るといった風にミスリルの塊に近寄っていくと、その表面に手を当てたり持ち上げようとしたり、どこからか取り出した工具で表面を叩いたりし始めた。

そして三人の顔が最初は驚きの色に変わり、それが徐々に喜悦に満ちたものになっていくのを見て僕は「それじゃあ後は任せたよ」と言い残し、返事を待たず鍛冶場を後にするのだった。

＊　＊　＊

鍛冶場を後にした僕はその足で鶏舎に向かう。

キエダたちが帰ってくるまでに例の川から拠点まで引く予定の水路の事前調査をする。

そのために足代わりと護衛代わりに先ほど戻したばかりのクロアシを迎えに来たのである。

後すっかりクロアシの相棒となったエストリアも一緒に誘うつもりだ。

まぁ、今では僕も一人でクロアシに乗ることはできるようになったが、やはりエストリアがいるといないとではクロアシの機嫌がかなり変わってくる。

そう。

あくまでクロアシのためにエストリアが必要なのであって、僕が個人的にエストリアと二人で拠点の外に出かけたいと思ったわけではない。

心の中でそんな言い訳を呟きながら鶏舎の近くまでやってくると――

「ひゃっはあああーっ!!」

『ぴぃぃっ』

そんな僕の耳にヴァンの奇声が飛び込んできた。

先日の調査で乗って以来、ヴァンはその時乗ったコーカ鳥をえらく気に入ったらしく、今日も乗る練習をしたいと朝から言っていた。

「おーい、ヴァン！」

「おっ、レストじゃねぇか。何か用か？」

かなりの勢いで走っていたにもかかわらずヴァンが騎乗するトビカゲというコーカ鳥はピタッとその足を止めた。

僕なら急に止められたら背中から確実に転がり落ちていただろうけれど、身体能力の高い獣人族であるヴァンは制動に合わせ見事に体を背の上に固定したままであった。

「エストリアはいないのか？」

「姉ちゃんならさっき領主館のほうへクロアシと一緒に行ったぜ」

領主館にクロアシと？

一応、朝僕がキエダたちと出かける前にエストリアには午後から事前調査をすることは伝えていたはず。

「わかった、行ってみる」

「あ、そうそうレスト」

「ん？」

「今度さ、広いところを使ってレースしねぇ？」

「レース？」

「そう、レース。いっつもこいつら狭いところで走り回ってるだけじゃ可哀相だろ。だから拠点の外にレース場を作ってさ」

コーカ鳥たちが可哀相と口では言っているが、その実自分がやりたいだけだろう。

だけれどレースか。

今日も船着き場まで行く時に勝手にレースを始めてしまったコーカ鳥たちのことを思い出す。

あれももしかするといつも狭い庭で鬱憤が溜まっているせいで広い場所で走れるからとはしゃいだ結果なのかもしれない。

だとすると拠点の周りにレース場を作ってそこで走らせてやればある程度暴走が抑えられる可能性がある。

まぁ、そんなこと関係なしに競争心が高いだけの可能性もあるが、コリトコはストレスが主な原因だと言っていた。

「でもまぁレースをしたら俺とこのトビカゲがダントツで一位だろうけどな」

『ぴきゅっ』

ヴァンの自信満々の言葉にトビカゲが同意の鳴き声を上げる。

確かにトビカゲとヴァンの相性は見ている限りかなり良い、だけれどそれは他も同じだろう。

アレクトールとアグニ、クロアシとエストリアは既に言葉は通じていないのに意思疎通できているようにしか思えないほどだ。

ただ未知数なのは残る一組。

フランソワとテリーヌである。

ちなみにフランソワと名付けたのはテリーヌで、僕も流石にその名前は合っていないのじゃないかと思ったけれど、満面の笑みで「フランソワちゃんって良い名前ですよね！　ね！」と言われては誰も文句も言えなくなってしまった。

それに当のフランソワもその名前を気に入ったようで、昨日帰ってきてからテリーヌに名前を呼ばれる度に『ぴぴっ』と嬉しそうに返事をしていた。

その姿を見る限り相性は良さそうだが、他と違い僕はそのコンビが走っているところを見たことがない。

「というわけで頼んだぜ」

「考えておくよ」

僕はヴァンに片手を上げて答えるとエストリアを追って領主館に向かうことにした。

領主館のほうに目を向けると、正面玄関前でクロアシが座り込んでいる姿が見える。

どうやらエストリアはクロアシを外に待たせて領主館の中に入っていったようだ。

僕は少し急ぎ足でクロアシのもとまで行くと、その頭を撫でてから玄関に入ろうとし——

「あら、レスト様。もう鍛冶場は完成したのですか？」

正面から聞こえた声に足を止めた。

どうやらちょうどエストリアも用事を終えて外に出るところだったらしい。

その腕には小さめの籠がぶら下がっていて、彼女はそれを取りにここへ来たようだ。

「僕の知識じゃ限界だから、ある程度形になるまで作った後は三人に任せてきたよ」

「そうなのですね。レスト様ならなんでも完璧に作ってしまうと思ってました」

「それだったら良かったんだけどね。知識や経験があまりないものは難しくてね」

僕はエストリアの腕から籠を引き抜きながら答えた。

籠は思ったより重かったが驚くほどではない。

「この籠は？」

「えっと、それはアグニさんに作ってもらったおやつセット……です」

籠の蓋を開けて中を見てみる。

そこにはアグニが作ったクッキーなどのお菓子と紅茶が入った水筒。それとティーカップなどが入っていて、確かにおやつセットに間違いない。

「あの河原でレスト様とお茶でもできたらいいな……とか思っちゃいまして」

そう言って照れるエストリアを見て僕まで少し恥ずかしくなってきてしまう。

僕はそんな空気を振り払うようにクロアシのほうへ歩き出す。

そして座り込んでいるクロアシの横に立つと、あることを思い出し振り返ってエストリアに対して頼み事を口にした。

「ちょっといいかいエストリア」

「なんでしょう?」

「言いにくいんだけど……クロアシの背中に乗るのを手伝ってくれ」

僕はまだ一人でコーカ鳥の背中に乗ることができなかったことをすっかり忘れていたのだった。

我ながら情けない……。

＊　＊　＊

ギルガスたちを見送ってから七日経った。

その間残った僕らは拠点へ引く水路と、それに伴う拡張計画の草案作成や周辺調査の続きなどを進めていた。

現在拠点は南北に約100メル、東西に50~70メルという広さしかない。

元々調査団が調査と、当初は長期滞在する予定で開拓した場所をそのまま整地して使っているので、これからこの場所を中心として『町』とするためには拡張工事が必要なのである。

目標としては500メル四方の町を作りたいと思っている。

ウデラウ村のように高低差がある土地でなく、昨日までの調査でも障害になりそうなものは見つからなかったので開拓はしやすいはずだ。

ヴァンとフェイルが調べていた東北方面に大きめの岩が何個か転がっていたらしいが、僕の素材化を使えば取り除くことは容易いだろう。

朗報としては僕らが採取した川の水が予想以上に綺麗で、簡単な濾過魔導具で十分に飲料水に使えることがわかった。

それとアグニとコリトコが調査した東南にナバーナの群生地を見つけたのも大きな発見だった。

ナバーナというのはこの島特有の果実で、真っ青な皮に覆われていてとても食べられそうには思えない見かけをしているが、その皮をむいた中身はとても甘く美味しい。

ウデラウ村の近くの森でも採れるらしいのだが、それほど多くないため、滅多に食べられない貴重なものだという。

そんな貴重な果物が拠点からそれほど遠く離れていない場所にあるというのに調査団の報告書に書かれていなかったのは、どうやらナバーナの木の特性が原因らしい。

どんな特性かと言うと、ナバーナの実はナバーナの木の天辺にまとまってできるため、下から見上げただけだと周辺の木と区別が付かないのだ。

僕もアグニたちの話を聞いて実際にナバーナの群生地へ行ってみたのだが、コリトコに言われるまでそれがナバーナの木だと全くわからなかった。

ちなみに発見したのはアグニでもコリトコでもなく同行していたファルシである。

「それにしても遅いな」

僕は執務室の外に目を向ける。

出発する時に三日ほどで帰ってくると言っていたのにギルガスたちはその予定の倍の日が過ぎても帰ってきていない。

キエダとギルガスという旅のベテランがいる以上心配する必要はないのかもしれないが、もしかすると調子が悪いと言っていたギルガスの奥さんに何かあった可能性は捨てられない。

もし何かあって帰島が遅れるとしても、この島に連絡する手段はない。

逆にこちらからも不可能だ。

「レスト様、そろそろ休憩の時間ですよ」

小さなノックの後に扉の向こうからエストリアの声がした。

机の上に置いた懐中時計を見ると昼過ぎに作業を始めてからそれなりに時間が過ぎていたようだ。

「ありがとう、そうさせてもらうよ」

僕は机の上を簡単に片付けると部屋を出る。

部屋の外ではエストリアが待っていてくれた。

「先に行ってくれても良かったのに」

「ふふっ。気にしないでください。私が好きでやっていることですから」

エストリアはそう答えると「それでは行きましょう。早くしないとヴァンが全部食べちゃいます」と僕の服の袖を掴んで玄関に足を向けた。

先日僕とエストリアがおやつを持ってデート……調査に向かったという話をヴァンとフェイルが聞

きつけたらしく、自分たちもまぜろと騒いだ。

しかたないので翌日から昼食と夕食のちょうど間の時間帯に皆でおやつを食べる時間を設けることになったのである。

おやつを作るのはアグニの仕事で、負担になるなら作り置きしてあるもので構わないと言ったのだが、彼女は「……ナバーナを使った料理を色々試したいから好都合」と答えて毎日新しいお菓子を考えては用意してくれていた。

といっても今はこの島に持ってこられた数少ない種類の食材とナバーナ、そしてウデラウ村から帰るときにもらった木の実くらいしか材料はないので、早急にレパートリーは行き詰まるだろう。

「おう。あんまり遅ぇからもう先に食い始めちまったぜ」

拠点の中央にある広場は、なし崩し的に僕らが集まって食事をする場所になっていた。

ちなみにドワーフの三人は食事時と寝る時以外は鍛冶場に籠もりっきりで、ミスリルを使って効率が良い鍛冶窯を作るため喧々諤々の討論を続けていた。

一度僕が口を挟もうとしたら「素人は黙っていろ」と言わんばかりの血走った目で睨まれて、それ以来鍛冶場には近づかないようにしている。

既にヴァンやフェイルはそれぞれの席で。

コリトコとファルシはテーブルの横に座りながらアグニが用意した菓子を頬張っている。

「ヴァン。レスト様の分まで食べてしまってはいないでしょうね？」

エストリアがヴァンを睨みながら尋ねると、ヴァンはアグニが曳いてきたであろうカートを指さし答えた。

「ちゃんとアグニが取り分けてるってさ」

「……過ちは……繰り返さない」

昨日も僕は仕事に集中しすぎて来るのが遅れたのだが、そのせいで僕がやって来た時には既にアグニ製の新作クッキーは二つしか残っていなかったのである。

その後ヴァンはエストリアから説教を喰らって反省したようだが、アグニはそれを信じずに今日はきっちり先に僕の分を確保してくれているらしい。

「ありがとうアグニ。それじゃあいただこうかな」

僕はアグニからお菓子の入った皿とティーカップを受け取ると席に着く。

今日のお菓子は『ナバーナケーキ改』だとアグニに手渡された時に聞いた。

以前作ったナバーナのケーキをさらに改良したものだとか。

たしかに色合いや形も前回に比べてしっかりしているように見える。

「……前のケーキはナバーナの水分量をまだしっかり把握できてなかったので少しべたついてしまいましたが、今日のは完璧です」

力強く言い切ったアグニは、その瞳で僕に「早く食べて感想を聞かせろ」と言外に訴えかけるようで。

僕は急いでフォークを手に取るとケーキを一口大に切り取って口へ運ぶ。

結論から言えば「ナバーナケーキ改」は僕の予想を遥かに超える美味さだった。

もちろん様々な高級材料が使える王都の高級店のケーキに比べると質素だが、それを補ってあまりあるのがナバーナの優しい甘さである。

しっかりとした甘さととろけるような食感。

水分量を間違ったという前作と違ってスポンジとナバーナの実が溶け合いすぎずお互いを引き立て合い、絶妙な食感を舌に受けさせるのだ。

僕は思わずアグニに感想を伝えることさえ忘れて二口目に手をのばそうとした。

その時、コリトコの横で同じようにナバーナケーキ改を貪るように食べていたファルシが急に立ち上がると拠点の正門にピンと立てた耳を向けたのである。

「帰ってきたのか？」

『わふっ』

柔らかい鳴き声と共にファルシの尻尾が揺れた。

＊　＊　＊

「えっと、この子は？」

僕はギルガスの奥さんであるチルリスが抱きかかえている赤ん坊を見ながら尋ねる。

「ワシの子に決まっておるだろ」

キエダたちがチルリスが泊まっている港町の宿屋へ辿り着くと、そこにはお腹を大きくした彼女がいたのだという。

しかも夫であるギルガスが戻ってきたことに安心したのだろう。

突然彼女は産気づき、その日のうちに元気な女の子を産んだ。

「生まれたばかりの子を連れてきて大丈夫だったのか？」

人間の子供であれば生まれてすぐはとても弱く、直後に船旅なんてもってのほかだろう。

だが僕のそんな心配をギルガスは豪快に笑い飛ばす。

「がははは、ドワーフの子は人間の赤ん坊と違って丈夫だからな。一ヶ月もすれば立ち上がる」

「い、一ヶ月でですか！」

「おうよ。ワシなんか半月目にゃあ鎚を振り回してたってオヤジが言ってたくらいだ」

流石にそれは親が大げさに言っただけだろうとは思うが、何せドワーフ族のことは僕らには何もわからない。

頭ごなしに「嘘だ！」とも言い切れないだろう。

「わかりました。子供のことは僕たちにはわからないので親であるギルガスさんが大丈夫だと言うならそうなんでしょう」

そう言ってから僕は今度は赤ん坊を抱きかかえているチルリスに目を向ける。

「ギルガスさん。本当にこの人が奥さんなんですか？」

「どういう意味だ」

「だっておかしいじゃないですか。彼女、どう見てもドワーフじゃなく人族でしょ？」

赤ん坊を抱いている女性の顔にはドワーフ族なら誰もが生えているはずの髭が一切生えていなかったのである。

確かに体型だけ見ると小柄で少し丸っこい体型はドワーフらしいとも言える。

だけれどそれ以外は僕らと同じ人族。

しかも背丈も顔のあどけなさも含めて成人前の女の子にしか見えない。

「未成年に手を出すなんて犯罪ですよ？」

「何がだ馬鹿もん。こいつはワシと同い年だぞ。もうババァだババァ」

ガスッ。

その鈍い音はギルガスの短い足辺りから聞こえた。

ガスッガスッ。

「ぐはっ、すまんっ、つい言葉のあやってやつだ。許してくれっ」

ガスガスガスガス。

音が響く度にギルガスの顔が苦痛に歪み、それと共にゆっくりと地面に崩れ落ちていく。

どうやらギルガスの足をチルリスが蹴り続けているらしい。

だが、そのチルリスの顔は先ほどまでと変わらず優しげな笑みを浮かべたままで。

僕は背中に悪寒を覚えながら、確かに彼女はドワーフ族の女性なのだと理解したのだった。

その後、痛む足を押さえしゃがみ込んだギルガスから聞いた話によると、ドワーフ族の女性は結婚すると長い髭を剃る者が多いという。

もちろん髭を伸ばしたままの女性もいるが、出産や子育てなどの時に髭が長いと色々と不都合があることが多いというのが理由らしい。

僕はとりあえずチルリスを自分の代わりに椅子に座らせるとアグニに温かいお茶の準備を指示してからキエダのもとへ向かう。

何やら先ほどからキエダが僕に何か伝えたいことがあるような気がしたからだ。

長い付き合いのおかげで他の人よりはお互いそういうところに気が付くようになっている。

「キエダ、何かあったのか？」

「実はエルから知らせがありまして」

「エルから？　どんな知らせだ」

「ここではちょっと」

キエダの目が領主館を示す。

「わかった、執務室で話は聞かせてもらうよ」

僕はその場にいる皆に「急用ができた。先に領主館に戻っている」と言い残すとキエダと共にその場を後にして急ぎ足で領主館に向かう。

キエダが口にしたエルという人物。

彼は僕の家臣の一人で主に諜報活動を行っている。

貴族というのは誰もが子飼いの諜報員を持っていて、常に情報収集を欠かさないのが当たり前。

だけれど僕はそんな貴族社会が嫌だった。

それでも生きていくためには情報を入手する手段が必要になる。

悩んでいた僕の前にキエダが連れてきたのがエルという青年だった。

彼は昔キエダに命を救われ、それ以来密かにキエダのもとで修行をしていたのだという。

「私の一番弟子のようなものですな」

そう言って紹介されたエルは一見すると普通のどこにでもいる青年に見え、その普通さが隠密活動には重要なのだとキエダは説明してくれた。

「兄妹共々よろしくお願いします」

エルを家臣に取り立てることを伝えると、彼は直立不動のままそう答え僕は一瞬なんのことだと首を傾げた。

なぜならキエダからは彼の妹の話など聞いたことなどなかったからである。

「……キエダ様、兄は元気でしたか？」

領主館に向かう途中、後ろから追いかけてきたのだろうアグニがキエダに問いかける。

「元気でしたぞ。アグニ宛てに手紙も預かっております」

キエダは振り返ると懐から一通の封書を取り出し「後で渡すつもりでしたが」と言いながらアグニに手渡した。

エルとアグニ。

彼らは兄妹で僕に仕えてくれている。

彼らの忠誠心は最初こそ僕にではなく二人の命を助けたキエダに対してだったかもしれない。

だけれどきっと今では二人とも僕のことも少しは好きになってくれていると信じている。

「……ありがとうございます」

アグニはキエダに小さくお辞儀をすると「……お茶のお替わりを取ってきます」と言って僕らよりも先に封書を大事に抱え走り去っていくのだった。

＊　＊　＊

「それでエルからはなんと？」

執務室でキエダと二人になった僕は、早速話を切り出した。

「エルにはこの領地への移住者と信用できる商人の選別を任せていたはずだけど、何か問題でもあったのか？」

「そのことに関しては順調だと言っておりました」

「それじゃあ何があったというんだ」

尋ねる僕にキエダは二枚の書類を机の上に並べて置いた。

「これは？」

「レスト様に出された辞令書の写しでございます」

確かにそれは、僕がこの島への赴任を言い渡された時に渡された書類のようだった。

しかしそれを二枚並べてキエダは何が言いたいのだろうか。

「ここをよく見てください」

キエダは二つの書類のある部分を両手の人差し指で指してそう言った。

そこに書かれていたのは、片方は僕の赴任先であるエルドバ島の名前だが、もう一枚のほうは――

「ハイネス領だって!?」

そこにはエルドバ島とは全く反対方向である北方の地方領の名前が記されていた。

慌てて僕は両方の書類をしっかりと確認する。

ハイネス領は数代前に前領主の散財によって廃領となり、その後はダイン家が代理統治している土地のはずだ。

その書類によれば本来なら僕はそのハイネス領の領主として就任するはずだったらしい。

それが何者かの手によって改ざんされ、僕はすっかりそれを信じ込んでこの島にやって来てしまったということらしい。

つまり今の僕は正式にはこの島の領主などではないということで。

僕は執務机の椅子に倒れ込むように座り込むとキエダを見上げ「いったい誰が、どうしてこんな改ざんを……」と問いかけた。

いや、犯人など一人しかいないではないか。

「レリーザ様の仕業で間違いないでしょうな」

レリーザ＝ダイン。

それは僕を追放して自らの血を分けた息子であるバーグスをダイン家の跡取りとするために暗躍し

ていた継母の名だ。

僕が貴族社会を、特に上流貴族の社会を嫌うようになったのは彼女のような人間を何人も見てきたからに他ならない。

「レスト様が本来赴任するはずだった地は、この地に比べれば王都に近い土地でございます。彼女は不安だったのでしょう」

「不安？　僕はダイン家の家名も奪われたというのに何が不安なんだ？」

「レスト様がハイネス領を立て直し、功績を挙げ、ダイン家の跡取りとして返り咲くことを……でしょうな」

そんなことは不可能だ。

一度でも貴族家を追放された者が返り咲くなんて話は聞いたことがない。

だけれど事実レリーザはそれを恐れたのだろう。

もしかすると彼女は僕が隠していたギフトのことも知っていたのかもしれない。

僕はすっかりレリーザを騙せていると思っていたけれど、彼女は僕がわざと追放されたことに気が付いていたとしたら。

それは僕が彼女たちをいつか排除するための作戦の一つだと勘違いしたとしてもおかしくはないのかもしれない。

「でも今さらこの島を捨ててはいけないよ」

「さようでございますな。レッサーエルフやドワーフたちを見捨てることになりますからな」

「でも僕がこの島に赴任してきたことが間違いだったとするなら、いつか王国から『本当の領主』がやってくるんじゃないか？」

帝国との戦争から何十年も放置していたこの島に新しい領主が赴任してくるとは考えられないが、万が一ということもある。

王国の拡大路線が一息つけば、彼らは王国領内にある未開の地での資源発掘に乗り出す可能性は大きいだろう。

そしてその未開の地の中にこの島も含まれている。

「そのことなのですが朗報……と言って良いのかわかりませんが今のところは心配は要りませんぞ」

頭を抱える僕にキエダが歯切れ悪く告げる。

朗報なのか朗報でないのか。

キエダは先ほど僕の赴任地が改ざんされていたことを告げた時よりも複雑な表情を浮かべ、何度か口を開きかけては閉じるを繰り返し。

「エルはこの改ざん書類を入手した後、さらに調査を続けたそうでして。特にこのエルドバ島のことについて私たちが知らない何かがあるのではないかと」

僕が手に入れた調査団の資料は公に公開されているものだ。

しかしその他に非公開になっている資料が存在してもおかしくはない。

「それで資料は見つかったのか？」

「……はい。五十年ほど前の王国会議の決議書をエルは見つけ出したそうで」

そう言って差し出された書類を僕は受け取った。

そしてそこに書かれている内容に目を通し固まってしまう。

「そんな……五十年も前にこの島はもう……」

その決議書に書かれていた内容はただ一つ。

王国によるエルドバ島の領有を放棄するという内容が記載されていたのだった。

【エピローグ】

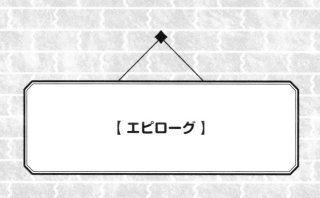

エンハンスド王国の王都にある貴族の子息が通う最高学府クレイジア学園。

その一室で一人の女教師が、教え子から届いた一通の手紙を手にして目を輝かせていた。

「ふはははは、あの小僧が我を本当に呼びつけるとはな」

女は高笑いをしながら手紙の続きに目を通す。

文字を読み進めていけばいくほど、どんどん女教師の口元が歪んでいく。

しかしそれは怒りにでも屈辱にでもない。

喜悦。

そう、その口元に浮かんでいるのは見た者が恐怖を覚えそうなほどの喜悦の表情だ。

やがて全ての文面を読み終えた彼女は、その手紙を握りつぶす。

「くっくっく。まさかそのような場所がこの世界にあろうとはな。あの小僧に恩を売っておいて間違いはなかったようじゃ」

夜の校舎。

部屋の窓から差し込む月明かりが彼女の顔を浮かび上がらせる。

その顔は美しく、誰もが見惚れる魅力を持っていた。

だが彼女の姿に見惚れた者たちはその直後に気がつくのだ。

彼女の頭の左右に渦巻く魔族特有の角の存在に。

そう、彼女はエンハンスド王国では滅多に見かけることのない魔族なのである。

「教師という職も面白くはあったが、それよりも面白そうな場所を用意されては断ることはできぬな」

女はそう呟くと手にした手紙を己の魔法で一瞬で灰も残さず燃やし尽くす。

魔族が生み出す青い炎は人の魂すら燃やし尽くすと言われているが真実は定かではない。

手紙が完全に消え去ったのを確認すると女は部屋の中にある私物を片付け始める。

そしてその手を止めないまま、彼女以外いないはずのその部屋で誰かに向かってこう告げたのである。

「あの小僧に伝えよ。我はお主の呼び出しに応じ、近いうちにそちらに向かうと」

誰もいないはずの部屋の隅で一つの影が動く。

それはレストの家臣のエルだった。

「わかりました。我が主君も喜ぶでしょう」

エルはそれだけ口にするとまた闇に沈み込むように姿を消した。

女は今度こそ部屋に誰もいなくなったことを確認すると、私物を片付けていた手を止め椅子に座り込む。

そして机の上に上半身を投げ出すように突っ伏すと大きな溜息をついて情けない声で呟くのだった。

「はぁ……せっかく安定した仕事と安定した生活を手に入れてたのに、どうして我はあんなことを言っちゃったんだろうなぁ。まさかあいつが本当に建国するなんて思わないじゃんよぉ。でも生徒との約束だし、魔族の契約を使ってした約束は守らないといけないし……」

夜の誰もいない学校に、魔族の情けない嘆きが響く。

だがその声を聞く者は既に誰もおらず。
ただ月明かりだけが彼女を慰めるようにその肩を優しい光で包んでくれるだけだった。

《了》

あとがき

というわけで読了ありがとうございます。

一巻目は『俺たちの戦いはこれからだ』みたいな感じで終わってしまったので、二巻をきちんとお届けできてホッとしております。

それもこれもご購入いただいた皆様のおかげです。

他にもＳＮＳや各種サイトのレビューで感想・評価、それに宣伝してくださった皆様。

本当にありがとうございます。

そして前回に引き続き今回もイラストを担当していただいた、かれい先生。

今回も素晴らしいイラスト、ありがとうございます。

さて、今回は前回にもまして書籍版の書き下ろしや改稿が多くなっております。

というのも連載版のままでは自分が当初目標としていた路線からずれてしまっていたことに気がつきまして。

このまま書籍にしてしまうと読者の皆さんが求めている方向性と違う方向に行ってしまうと考えた結果、大幅に後半部分は特に完全に書き下ろしすることにしました。

他の作品も後半部分まるごと書き下ろしをほぼ同時期にしていたのでかなり大変でしたが、私自身はやって良かったと思っています。

結果として読んでいただいた皆様の感想はいかがでしょうか？

Ｔｗｉｔｔｅｒなどで『孤島開拓記』という言葉を入れて感想を呟いていただければ幸いです。

エゴサが下手なのでタイトルが入ってないと見つけられないのです。

画像だけですぐさま見つける作家さんとかいったいどうやってるんだろう。

さて、書き下ろしと言えばプロローグとエピローグなのですが十回くらい書き直しました。

最初は両方とも同一人物視点で書いていたのですが、あの人物を引きに出したいと思い立って変更。

試行錯誤の結果今のようになりました。

あの人物については元々の設定から色々変更された結果ああいうキャラになってしまいましたが、まぁ根本は変わってません。

レストとの関係などは三巻で明らかになります。

まだまだ島の探索は三分の一も終わっていないですし、島ができた経緯や謎も一杯残っていますが、それもおいおい明らかになっていきますのでお楽しみに！

目指せ長期シリーズ！　の心構えでこれからも頑張っていく所存なので応援よろしくおねがいします。

＊　＊　＊

さて話は変わって近況です。

最近私はオートミールを朝晩の主食にしております。

コップにざざっと適量入れて、次にスーパーとかで売ってる十二袋入り七〇円くらいの味噌汁の素を入れお湯をかけかき混ぜしばらく放置。

これが激安なのに激うまなのですよ。

味噌汁を具だくさんの高いものにすればさらにリッチになります。

逆に昔からのイメージどおり牛乳で混ぜると……かなり食べきるのに努力が必要になるのでもうやりません。

あとはですね、この後書きを書いた後に念願のフォークリフトの免許を取りに行く予定でして。

大好きなゲームであるシェ〇ムーでフォークリフトに魅了されてから早幾年。

やっと願いが叶うことに今からワクワクしております。

……もし試験に落ちてたら慰めてください……。

それでは次巻、フォークリフトの免許を持った作家として皆様とまた会えることを信じて筆を置きます。

長尾隆生

唯一無二の
〜国の全てのギルドで門前払いされたから、
他国に行ってスローライフします〜
最強テイマー
1
著 赤金武蔵
Illust LLLthika
幻の魔物たちと一緒に
大冒険!!
【無能】扱いされた少年が成り上がるファンタジー冒険譚!
©Musashi Akagane

幼女無双 1
～仲間に裏切られた召喚師、魔族の幼女になって
【英霊召喚】で溺愛スローライフを送る～
presented by
yocco
にもし
幼女になったけど…
英霊召喚で
無双しちゃう!!
魔族の四天王や家族に溺愛されるスローライフ開幕!
©yocco

悪役令嬢に転生したはずが、主人公よりも溺愛されてるみたいです
1
presented by Nana
菜々
Illust. 茶乃ひなの
処刑エンドは断固回避!
本来のヒロインも転生者でイケメンをめぐっての壮絶バトル!
第9回 ネット小説大賞 受賞作品
コミカライズ企画も進行中!
©nana

Ayakawa Rarara
綾河ららら
Illustration ネコメガネ
will sama ha kyou mo mahou de asondeimasu.
ウィル様は今日も魔法で遊んでいます。
5
未曾有の飛竜大襲来!!
ういるがどらごんさんをやっつける!
空を埋め尽くす飛竜を相手に
ウィル精霊軍が大暴れ!
©Rarara Ayakawa

黒エルフに飼われた俺のダンジョン生活
～三食風呂と地獄つき～
原作：サイトウケンジ(FIREWORKS)
漫画：レルシー
構成：そよき
雷帝と呼ばれた最強冒険者、魔術学院に入学して一切の遠慮なく無双する
原作：五月蒼　漫画：こばしがわ
キャラクター原案：マニャ子
神域の魔法使い
～神に愛された落第生は魔法学院へ通う～
原作：ケンノジ　漫画：：/XUEFEI
キャラクター原案：乃希

追放領主の孤島開拓記
～秘密のギフト【クラフトスキル】で世界一幸せな領地を目指します！～2

発　行
2021年12月15日　初版第一刷発行

著　者
長尾 隆生

発行人
長谷川　洋

発行・発売
株式会社一二三書房
〒101-0003　東京都千代田区一ツ橋2-4-3 光文恒産ビル
03-3265-1881

印　刷
中央精版印刷株式会社

作品の感想、ファンレターをお待ちしております。
〒101-0003　東京都千代田区一ツ橋2-4-3 光文恒産ビル
株式会社一二三書房
長尾 隆生 先生／かれい 先生

Printed in japan, ISBN 978-4-89199-735-9

※本書は小説投稿サイト「小説家になろう」（http://syosetu.com/）に
掲載された作品を加筆修正し書籍化したものです。